文

景

Horizon

社科新知　文艺新潮

猎人们

朱天心 著

上海人民出版社

本书写给不喜欢和不了解猫的人。

目 录

推荐序
相逢似相识，此去难相忘

钱永祥

　　小说家写人生要写得好，得让笔下的角色有血有气，仿佛自有其独立完整的生命，出场就能够带着故事开步生风，而不是作家用来填充故事的道具。猫生百态，比起人生的丰富多样不遑多让。写猫生要写得好，同样需要让猫在笔下有他自己的生命，而不只是作家投射感情的标的。今天以动物为主题的作品不少，可是一件作品究竟是在写动物，还是借着动物说作者自己的心情，要看作家能不能压抑聒噪和摆布的欲望，退后再退后，让动物展现自己，让动物释放自己生命的真相与力量。

　　朱天心是知名的作家，她的作品之所以高明，身为文学的素人，我不敢造次议论。可是她这本写猫的书之所以不平凡，我根据上述的道理，却深知其所以然。这本书我读起来无法自已，时而莞尔，时而大笑，时而焦躁，时而眼热鼻酸。自忖年近耳顺，人间阅历也实非稚嫩，情绪本来不应该受到一本猫书如此强烈的左右。但是关键在于：朱天心与猫族的关系，乃是"相逢"而不是"占有"。于是页里行间各样猫态自在地上场退场，没有造作，没有强迫，既不讳言猫生的窘迫、艰难、残酷、偏执，也不吝于让猫族自行发挥他们的娇媚、多情、冷峻、优雅。在朱天心的笔下，猫已经不是宠物、不是朱家男女老少的玩偶，而是一群独立自在的主体，各逞其能在人类支配的环境里寻找空隙，争取一份存活的空间。这种视猫为自由主体的猫书，应该与人类英雄的传记归于同一类文体。你看得出来，作者记载猫族的事迹、遭遇与神态謦欬之际，怀着一份关怀与尊重，一如作家为沦落市井的豪杰作传，纪实、称颂、怜惜、责备皆备。这种记录，怎么能不令读者感动与喟叹？读者若是对人生的美好与悲哀稍有领略，怎么能不被猫生的喜剧、悲剧与闹剧所感动？既然如此，我读本书之时的难以自已，岂不是很容易理解吗？

如果我的诠释有道理，朱天心的这本书，在台湾的"动物写作"（animal writing）历史上，便具有一定的地位。此前，写作野生动物的作家，多半已经能够隐匿（人类的）自我，让动物自行出场说话。这反映了他们意识到人类中心主义的扭曲效应，于是有意识地让动物作为主体现身。可是到了同伴动物的范畴，这种意识始终不够发达。写宠物的作家自然贡献良多，让众多读者开始领略身边小动物的种种美好，也提醒饲主对宠物负有沉重的责任。不过，"宠物"一词，已经说明了这种动物乃是被"占有"的，而不是作为独立的生命与人"相逢"的。于是在作家笔下，他们无法来去自如，随缘与作家结识或者告别，留下愉快或者遗憾的故事让作家记录。这种书里所呈现的动物，温驯近人有余，却缺少了一份生命的完整感。我在这里强调动物与人的"相逢"关系，反对饲主视同伴猫狗为（善意的）"占有"对象，目的在于突出相逢关系的内在道德面向。如果说占有的本质乃是宰制，那么相逢而犹能持续地珍惜、付出，不至于流为冷漠、寡情，原因在于：承认了相逢的偶然，才能保有关怀与尊重的空间。是的，朱天心对猫族的态度，最好是用"关怀"与"尊重"来形容。其实，关怀与尊重，正是我们对待其他人，乃至于对待动物的基本原则。这两个字眼看起来平凡陈腐，读者们会以为早已通透其间意义。真的吗？让我稍作解释。

什么叫作"关怀"？关怀一个对象，意思是说，你在意他／她／它的感觉与遭遇；其感觉与遭遇，对你具有实质的意义，你不会因为利益与方便而不列入考虑。在这个意义上，我们活在这个充满粗暴与压迫的世界里，为了活得下去，便不得不对于周遭的世界与人（遑论动物）缺少、斩断关怀。谁能尽情关怀自己周遭的可怜人？又有几人能出于关怀，而惦记着屠宰场里的鸡猪牛羊、街头的流浪猫狗？"关怀"会给我们的生活带来沉重的负担，于是我们多半会明智地切断关怀。

什么又叫作"尊重"？尊重一个对象，意思是说，你承认他／她／它的欲望、需求、愿望、抉择自有其地位与价值，不容你从自己的立场妄加扭转和否定。在这个意义上，由于人类的霸道习性，我们甚至很少尊重人，遑论尊重动物。对于他人的习性、言论、信仰、生活方式，乃至于偏好、欲求，我们不是始终有一个"正确"与"错误"的分际吗？多数饲养宠物的人，不总是在根据自己的情绪与虚荣，百般设法

"驯服"辖下那只可怜的畜生吗？"尊重"要求我们发挥高度的宽容与想象，不再以己为尊，于是我们多半会敬谢不敏。

很明显地，关怀与尊重，与"宠物"这个概念并不相容，因为关怀与尊重的态度，要求我们视动物为主体而不是玩具，既不是物，更不是宠爱戏弄的对象。如果你关怀与尊重一只猫，你会惦记他究竟如何营生度日，在人间丛林里他如何求生自保，但同时你会希望他活出猫性、活出他自己的生活，即使因此你得承担相当程度的不便与负担。我自己身边也有几只猫做伴。我设法保护他们、照顾他们、疼爱他们。但是有时候我也担心，他们的生活会不会太遭我侵犯？是不是我的关注，竟多少扭曲了他们的生活？但是明知外头世界的险峻与辛苦，我又舍不得让他们随兴走出家门。读了《猎人们》之后，我特地请教天心，她怎么有本事同时招惹那么多左邻右舍、墙头街角的猫只，由他们来去自如地博取她的感情和关怀，她却不需要为自己的感情买个保险，不需要竟日担忧猫只的吃苦、受辱、病痛、伤亡、失踪？

天心告诉我，台湾宝岛不会有这种保险；担心与遗憾乃是她生活里的常数，时时刻刻的情绪折磨，也是无可逃避的负担。细读《猎人们》，你必须想象，一个对猫只如此牵挂费心的人，面对猫族生活的窘困与危厄，焉有余裕惊叹路边某一只猫咪的高雅、独特？可是朱天心却又总是显得从容。她不惜时间、感情、金钱（甚至于陌生人的敌意和讪笑），为的是她尊重猫生的整全（integrity），知道猫族若要在这个人类霸占的世界里奢求稍有尊严地生存，总是要付出高昂的代价。她宁可承担感情的沉重牵挂，也不愿意为了保护自己，而在对猫族的尊重与关怀之间打折扣。读这本书，这个态度——我想也是街头巷尾很多"爱心妈妈"的态度（本书中称这类主动照顾流浪动物的人士为"猫天使"）——给我留下了最深刻的印象。

于是，一章接着一章，一景接着一景，你读到朱天心一家人经常性地与猫族在各种情境里相逢。每一只猫都有面貌与性格（当然还有姓名），都有脾气跟习惯，也常会叫人疼和讨人厌。他们的来路和去向往往难以想象（通常也不堪想象），不过相逢的此刻，人与猫多少总能交换一些生命路途上的心得，激起对方一些想象与感触，唤醒彼此心里的某些情愫与喟叹。朱天心用入微心思与生花妙笔所描绘的猫生百态，定然会令每一位读者——包括她以此书题赠的"不喜欢猫和不了解猫的人"——都难以释卷。不过，容我自豪地说，书里一些瞬间捕捉的镜头，恐怕只有长期与猫厮混相守过的有心人，才能领会其中猫态如何地可掬。

据说马克·吐温说过，神造万物，只有猫不能用链子奴役。我演绎他的意思，其实是说猫邀人宠，却绝对不可能化为宠物。读者要具体领悟此说中间的大大小小的道理，朱天心的《猎人们》正能为您讲出分晓。

二〇〇五年新岁于南港／汐止

序

这书原只想记录世纪初那几年间，我／我们一家人与所际遇的猫族的故事。

这些猫族，全都是陆续捡拾来的街头孤儿，有些是正哺乳的猫妈妈出去觅食遭遇不测（通常是车祸或被狗咬死），或在资源有限之下猫妈妈狠下心淘汰舍弃的。我们遇到了，无法像诸多人采取的态度或劝告我们的"人都活不下去了还管猫""这是大自然的机制，别介入吧"……总想给他们一条活路。

我们与他们共处一屋檐下，各自独立，从不妄想将之视为一己的宠物或禁脔。

日日目睹他们成长、盛年、老去、离开，猫生中的精彩、困顿，我总不免好奇到心切：他们的妈呢？与他们必定一样神秘有趣的手足下落如何？在街头混得还过得去吗？所以自然爱屋及乌地寻到它们当初被捡拾处，开始一日一次地喂食、将生养不息又下场不佳的妈妈带去绝育。

此种行为以绝育取代大多数国家、城市采用的"捕捉扑杀"对待流浪动物，不谋而合，其实是一些欧美城市已行之有年的人道、文明也有效控制数量的方式。

渐渐地，我们早不止在我们的里弄这么做，我们也说服并与台北市政府合作推动"街猫 TNR 计划"，T（trap）、N（neuter）、R（return），捕捉绝育放回之谓。目前的台北市，已有近三分之一的区域改弦易辙这么做。

这，重要吗？

我以为重要透了，因为若我们习惯以清除垃圾的态度对待有生命的"无用之物"，早晚，资源匮乏时，我们一样会以此态度对待"无用的"（无力缴税、只占用社会福利）老人、残疾、工伤、穷人？……剥洋葱似的一层层边缘弱势者或非我族类。

残酷是轻易可养成的，同样，同情心亦非不能培养练习，究竟，我们打算向下一代展现示范怎样一种对生命的态度呢？

所以，这不只是一本写家中那几只可平安终老的可爱猫族的书，也不只是写家门前几条巷弄街猫的书，它妄想写下在人族占尽一切资源的世界里试图生存的猫族的生涯处境（甚至传奇），最终，它也许不过想见证他们的匆匆来去一场。

真的是匆匆短暂，才不过五六年，书中写过的街头的猫已改朝换代不止几番，家中的猫，也又多了好些少了几只，包括那"只要爱情不要面包"、把我当他同族的"辛辛"，今夏某日（其实我记得太清楚了，八月十三日）出门再没回来，我和天文翻江倒海寻他十几天，仿佛大病一场。

这是在大陆出版的我的所有作品中我最在意能否出版的书，因为它记录了曾经我们一代之人摸索前行、试图找出一条如何文明地对待流浪动物的出路的努力，缘此，也妄想它或有机会提供经验给"在路上"的大陆。也许，一切原本再简单不过，简单如印度圣哲甘地早在大半个世纪前说的："一个国家的强盛和道德程度，端看它如何对待其他生灵。"

猎人们

　　尚未帮家中母猫结扎的年代——啊，那真是幸福的年代，整个辛亥隧道南口山坡只不到五十户人家，人家中又只我们有猫，猫们依本能并不乱伦，猫口增加缓慢，简单说，我们无需为他们结扎——很习惯做母亲不久（通常两个月左右）的猫妈妈们的夜间训练课程。

　　神秘清朗的夜晚，小奶猫们从某个角落传来或撒娇或哀求或哭啼啼的喵声，不需起床不需探看就知道是猫妈妈把他们叼到某高处（花坛短垣或树干分枝处）要他们练习跳下。

　　对此，我们硬起心肠不干涉，多年经验告诉我们，因为曾经帮小猫缓颊求情（如插手把最弱小不敢下地那只给捏下墙），气跑过自尊心强极的母猫。

　　再下去更得硬起心肠，猫妈妈会叼回活物，有时弄得见血，秘密会社歃血为盟般地要每一只小猫上前练习猎捕。这在 Discovery 频道看多了，猫科妈妈驱赶回一只肤发无伤只是失了群的小瞪羚，要仔猫们反复练习，追跃、拍倒、咬咽喉……一只小活羚甚且可以当一两天的活教材。

这在吃得再饱再好的城市家居猫身上仍不停止地搬演着，大概是血液中百万年来先祖们的基因召唤，不愿生疏一身的好技艺。

猫妈妈遭结扎的年代开始，陆续收的都是零星的孤儿猫，未及让妈妈带大并传授任何技艺，不过这半点不妨事，吃饱喝足仍然不碍做个优异的猎人。猎人名单中一只公猫都没有，雄性猫科大抵都如此，难怪紫微斗数天同坐福德宫的女儿盟盟曾建议我，下辈子投胎记住要做只雄性猫科，能指定项目做猎豹更好，据说他们终生只需玩乐。

家里的猫史上，排名一二的捕猎高手应该推花生和纳莉。花生且是猫王朝中唯一的武则天或凯瑟琳女大帝，之前，之后，再没有。

花生（左）与哥哥金针

花生晚她兄长金针、木耳大半年捡到，但几乎可确定是附近一只独眼老母猫先后两胎所生。花生是白底玳瑁猫，所以比真正的三色玳瑁猫要顾长许多，企形脸，骨架大而又瘦骨嶙峋。依例，在她快发情前做了结扎。那时的家中，老弱妇孺猫七八只，唯有针针适合做猫王，同胞胎的木耳幼年一场高烧烧坏了头壳，只空长一副俊美模样，以为自己是狗，天天与狗族为伍，且认一只体型超小的母狗妞妞做妈，出门进门晨昏定省，耐心地舔舐狗妈妈的头脸。针针大多时征战求偶在外，领土非常广，阔及数个山坡新旧社区，往往外出十来天才抽空返家疗伤休养。于是家园周遭的领土保卫由花生接管。

　　花生镇日搜巡整条巷弄，把那甚至是慕她美色（虽结扎了仍有气息）而来的公猫们打得哀嚎逃命半点不领情。花生也看不起家中的猫族，她常坐在家中高处，怒目四下，喉间发着怨怪牢骚声，连狗族都个个胆寒畏缩。猫族小的们天真无邪只顾追打厮闹，老弱的昏睡终朝，不时还有那头壳坏去的木耳哥哥趁花生不备来叼她脖颈做出求偶动作……

　　花生何以解忧？唯有打猎。

高烧烧坏头的木耳和小 Toro

她轻易衔回蜥蜴，又向我们炫耀又同时发出护食的警戒声，那蜥蜴是盟盟钟爱的，我们抢救情急，便撒些猫饼干换她松口，捕猎高手花生钟爱猫饼干，次次应声放开只是诈死的蜥蜴专心享用，我们趁此把它送到远些处放生。

没多久，事情竟发展成这般：花生想吃饼干，便打回一只蜥蜴向我们换取，一天好几回。她吃着饼干（我们猜想），一定暗暗叹息："这主人，是怎么回事，这么爱吃蜥蜴！"

终有一回，她打了一只自嘴到尾尖快有一尺的狰狞大蜥蜴。蜥蜴迅猛龙似的满屋狂奔，不时立定两足张着大嘴做攻击状。这回我们没一人敢用手或扫把弄去放生，当场兵分二路，一想法将之围圈在餐桌墙角，另赶忙搬救兵——跑去辛亥小学找上课中的盟盟，还得假装凝重颜色对校警和老师说，家中突发紧急事故得要盟盟返家。

盟盟果然不负众望，三两下便徒手抓到迅猛龙后山放生去，好像那"119"队员。

经此，我们决定忍耐几次，不回应花生的物物交易，料想聪明如她，也许会改改这习惯。

花生聪明，却没聪明到能了解并接受我们一夕之间不再爱吃蜥蜴，她改打麻雀回来，打青蛙、打红裙子大蚱蜢、打某邻居家一圈抹了盐酒待下锅的生蚵虾……我们也傻了，有耐心的便好言相劝（因为她极会高声回嘴："以前可以，现在为什么不行？"），因为若压低声调告诫禁止她，她掉头就跳窗跃上墙头离家。

终至有一天，她发出怪异、又得意又警戒其他猫族狗族靠近的啊呜啊呜声，声震三楼。我们第一时间闻声前往，满室的甜腥味，餐桌下，一地的鲜血……从零乱残余的羽毛来看，是一只鸽子！（天啊！会是养赛鸽的邻居家的百万名鸽吗？）

一起决定统一口径冷处理，不劝她不骂她也不抚慰她，只定时喂饱她（虽然早明白她的饱足与否和猎捕天性毫无关系）。冀望我们回到很多人家人与动物的"正常关系"，冀望她不要那么在意我们（在意我们到底爱吃蜥蜴还是鸽子），冀望她能明白自己是一只猫，属于猫族。

起初花生仍不死心，择家中人来人往要道蹲踞（通常是餐桌和客厅间的长沙发椅背），不断逢人申诉为何我们随便片面毁约，不再继续不是一直既好玩又好吃的交易游戏吗？她

花生、黄咪、木耳等待并催促用餐

说得清楚有理，我们答不出话，或此中有好心人两手一摊无奈地回她一句："（猫饼干）没有啰。"啊——她尖声打断简直掩耳不愿闻。

再后来，她也不回嘴了，负伤的神情负伤的身影跳窗出走。

猫口众多，耳根清静了一阵才发觉花生已两天没回。且不说我们如何四下找寻呼喊她，一星期后，后山社区的大厦警卫知道我们在找猫，告诉我们前日地下停车场的垃圾收集站发现一只死猫，因没有外伤，看不出中毒或车祸。我们问外形花色（因为已经被清洁工当场当垃圾处理掉），大概确定是花生。

由于没在现场目睹，并不像以往其他的猫狗伤逝那么引人痛哭，只觉得非常非常惆怅，仿佛呼之欲出的某些历史故事中的英雄豪杰，也仿佛文学作品中的某人物，冰雪聪明心性孤傲却是最狼狈不堪的收场。

花生王朝结束，如同古埃及唯一的女法老哈特谢普苏特王朝的不再，是我们与猫狗共处多年唯一的母王朝时代。然我再再禁止自己想，花生是饿到自己去垃圾堆中觅食吗？她如何不愿多走两步路回家？如何再不愿向喜怒无常神经病没个准的主人（她一定这样想！）手中讨口饭？……

母猫族和公猫族对人的感情是非常不同的，两种我都非常倾心，无可拣择。

公猫无论年纪通常一旦确认你对他是无害的，甚至是可以提供他食宿的，就把整颗心整个身体交给你，绝不逊于一个男子在盛年爱恋时对你所做的；母猫则可能是必须养育后代的强烈责任感使她显得保守谨慎多了，她时时刻刻暗暗替你打分数，并相对释出等量的信任和感情。我从来不曾得到任何一只母猫像公猫那样的摊着肚皮及要害睡瘫在膝上任人摆布，但有谁会像一只对你动了感情的母猫那样不作声地远远凝视你，瞳孔满满的，谁会像她至多蹭蹭你的脚踝（你专心在做事的话甚至不察觉呢），那肢体语言翻译成人语意即："你是我的，你是我的……"

确实，她借此把她口鼻胡须根的腺体标记在你的身上，宣示着，那是她的领土别人的禁地——至少，我从没有在任一人族的口中听过比这还动人还深情款款还真心的话语。

但话说回来，要说真正的好猎人，绝对是须抚育喂养猫仔仔的母猫们，无论她当过妈妈或结扎过与否。

花生之后，公认是纳莉。

纳莉是纳莉台风前夕人家扔来的小野猫，小到性器不明，但我们不须借此就知道她是小女生，通常这样的虎斑灰狸猫，幼时圆脸的是公猫（长大了通常极傻），尖脸的是母猫，正如同黄虎斑白腹猫，九成是公猫，三色玳瑁猫，九成九九九是母猫（据说至今唯一出现过的公猫，日本人已将之

猎人纳莉

制成标本），黄虎斑九成是公的，黑猫应该是五五波，但我们碰过的只有一只是母的，灰狸背白腹和黑白花的亦公母各半……纯粹是多年与猫相处之经验。

纳纳，纳莉的小名，纳纳从小就不近大猫，也不理狗族。白日不回家，在我们与后邻超市之间的绿带隙地游荡；晚上喊回来吃完饭又掉头走人不见踪影，一度我们以为终会失去她。

后来与超市潘老板说起，才知道原来纳纳天天与他们放野养在绿地一只名叫"三杯兔"的大黄胖兔斯混一处（顾名思义，是潘老板从友人口中抢救下来的）。那潘老板与动物（包括他自己不满三岁的一子一女）相处方式和我们颇近似，小孩不上超市隔壁的美语幼儿园，天天赤足晒太阳尾随父亲在有限的绿带草丛抓虫玩泥巴。潘老板说，他每蹲在那儿莳花培土，老觉有一对猎捕眼睛在盯他，后来发现是一只藏身长草灌木中的小花猫（我们对了一下，确定小花猫就是纳纳）。但纳纳打算猎捕的对象并不是他，是体积大自己三倍的三杯兔。那三杯兔成天只顾忙着挖地道谁都不理，包括三不五时箭矢一样从它背上跃过的纳纳，也不怕偶尔会跳骑到它

纳莉与三杯兔

背上想法咬咽喉的纳纳。天黑潘老板会把三杯兔收进铁丝笼中，铁笼不知原先做啥用的，其上有一层阁楼夹层空间，纳纳不待邀请就自动住进去，三杯兔在楼下理毛，纳纳楼上也理毛，那真是一段快乐纯真的伊甸园时光！

因为不多久，潘老板又收了朋友夜市打香肠赢来的一对小油鸡，照例又不圈养它们。对此，我们隐隐地心有惴惴乎。

便很快地那日来临，我们非常清楚地听到小鸡的啁啾哭啼声，就在耳下，就在屋里！一干人拔腿循声前往，二楼的后阳台，纳纳与一只小鸡并肩坐在那里，小鸡并未受伤惊吓，纳纳也只朝我们眯觑两眼（那与打呵欠这个肢体语言同样，都是心情 high 到极致之后的必要淡然放松反应），个头比小鸡大不多少的纳纳，要不松不紧衔着叫不停又扇翅挣扎的小鸡跑过绿地、跃过山沟、跳上屋院短墙、闪过闻声前来关切或抢夺的其他猫族、沿壁走、纵上二楼……略想象那过程那情景，佩服喝彩都来不及，哪好责骂她，只默默地赶紧将小鸡捧还给潘老板。

如此每日至少要发生个一两回，地点常换，有时是屋内（若窗开着的话），有时是三楼，小鸡习惯了也不叫，因此发现时往往两个一蹲一趴都在打盹儿。

　　某次潘老板例行上门取鸡，我记得骆以军正巧在，从他张口结舌状才觉得我们可能玩过头了，便正经向潘老板建议，或许该想办法把小鸡关起来保护一下吧。

　　潘老板说，还是听其自然吧，尊重自然生态，不约束小鸡不约束猫。

　　……可是，可是在这"自然生态"中，我们的可是猎食者那方哪。

家居时的猎人纳莉

便有一日，一只小鸡再找不回了，不知是纳纳下了重手（那鸡长得已比纳纳大了），还是烦我们屡屡拿走她的猎物而索性带到远些的后荒山怎么的。我们和潘老板找鸡不着，互不怨怪也不道歉，都有些怅惘和懊恼。

没有了小鸡（潘老板毕竟把幸存的那只收进超市里，与他两名小儿一般赤足四下游走），纳纳开始打我非常喜欢的小绿绣眼回来。小鸟不经惊吓，未有外伤地睁眼死掉。纳纳不解地再再把它抛掷在空中，冀望它能重新展翅恢复方才游戏中的狂野生命力。纳纳喉咙发着奇怪（不解和不满？）的声响，我噤声着一旁静静观看，真是为她的野性着迷，决定不了该站在哪一边，或该不该插手介入（有一两次小鸟还活着），因此我恍然略有了悟——为何每回我不忍多看国家地理频道和 Discovery，因为每见食物链的任一方受苦，苦旱、受饥、被猎食或猎食失败……简直觉得造物的残酷无聊透了，开这种恶意又难笑的玩笑也不厌烦——原来，原来他不过跟我一样，不知道该不该插手。例如你爱的恰总是强者，而你打心底同情恨不得立即伸手改变命运的（无论是绿绣眼或人）恰又是弱者那方，因此时机延宕、蹉跎，往往我与那造物的一样，眼睁睁地啥都没做。

（其实盟盟说过，我最不能去当野生动物学者或自然摄影师，因为"你一定会忍不住半夜偷偷抄起猎枪去打只羚羊给那些受伤受饿的老小猫科吃，你一定会插手管的"。）

幸福的猎人纳纳，仿佛狩猎女神狄安娜，光彩夺目地忙进忙出，从未掉入花生那以物易物的窘况。她仿佛知道我们佩服她的好身手，她便以非常猎人风格的方式回报我们。一回唐诺照例趴在地板上看书，纳纳跳窗进来，衔了一物丢在唐诺面前正摊着的书页上，是一只同样与唐诺吓了一大跳四目瞪视还没长毛的活生生小老鼠。纳纳一旁非洲草原悠闲姿态地躺着，一下一下拍着尾巴，意思再清楚不过："喏，赏你的。"

唐诺谢过她，不动声色轻拢上书页，出门放生去。

相处到这个地步，便会有很多惆怅时刻发生，好比托了孤狼心出国，机上不经意地便开始喟叹，好可怜啊纳纳，你都不知道大冠鹫遨游的天空是这样的，飞行器是这样的，美味的异国鱼鲜是这样的，还有所谓的好多好多的外国，无论如何你都不会知道世界是那样大……与亲爱的人不能分享同

与人族同居的猎人纳纳

一种经验、记忆、知识、心情（当然此中最剧烈的形式就是死亡吧），我不免觉得悲伤，也深感到一种与死亡无关却如何都无法修弥的断裂。

但我猜想，我得这样猜想，她在我们这方圆不会超过半英里（母猫的活动领域较小）的绿带、山坡、覆满杂草的挡土墙游荡，那星光下，那清凉微风的早晨，那众鸟归巢（因此多么教人心摇神驰）的黄昏……她花一两小时甚至更多，蹲伏在长草丛中，两眼无情如鹰，目标一只灵巧机警的麻雀，或一只闭目沉静冷血入定的老树蛙，以及千千百百种活物的抵抗逃窜方式……她一定曾想，唉！我那看似聪明什么都懂的主人永远不会知道这个乐趣，那微风夹带多种讯息地穿过草尖，草尖沙沙刷过最细最敏感的腹毛，那光影每秒钟甚至更小刻度的变化，那百万年来祖先们汇聚在热血脉里的声声召唤，那瞬间，时间不花时间（卡尔维诺说，故事中，时间不花时间），掌爪下的搐动，哪管他什么动物都同样柔软的咽喉，但不急咬不急咬断它……甲壳虫如何肢解，飞鸟如何齐齐地只剩飞羽尾羽和脚爪和头……洗脸理毛，将那最后一滴鲜血深深揉进自己的腺体中……那样精密，那样乐趣无穷，那样探索不尽，啊！我的主人她永远不会知道。

我每每努力为想象中的细节再再增补更多的小细节，唯其如此，才能平衡我们这一场人与野性猎人在城市相遇，注定既亲密又疏离的宿命。

便也有好些个夜晚，无任何声响预兆地我自睡梦中睁眼醒来，没有一次错过黑暗中一双猎食者的眼睛正从我床头窗台俯视我。那一刻她一定以为自己是一头东北虎，因为她都

纳纳

不听我的轻声招呼："纳纳。"她应声跃起展开猎杀行动，啃、咬、蹬、踢、拖我的腿和手，把我当一头好不容易给摞倒的大羚羊。

星辰下，潮声里，往事霸图如梦。

少年时钟爱的句子破窗寻来，我且将它慷慨地送给这些我所结识的城市猎人及其了不起的祖祖宗宗们。

当人遇见猫

这是一篇早在一年前就该写的文章。

一年前此时，我正疯狂地四下找寻走失的麻瓜。我先逐栋逐户按遍屋后数栋十五层大楼公寓社区，从对讲机询问有没有捡到一只黄虎斑、闪电短尾的小公猫。

花了几个晚上才问完所有住户，绝望之余，第一次拜托友人利用公器处理这猫狗小事。大春、玉蔻替我在他们的广播节目中发声，正益在他的网站，兰芬在《民生报》……那一段时日，熟不熟的人见面第一句都是："麻瓜找到了吗？"

"我女儿全班同学都在动员找麻瓜。"说这话的友人家住内湖，与我的木栅一北一南。于是我开始十分不安，认为占用了也许更该用来寻找失踪小孩的管道——当然，对很多视猫狗如子女的人来说，此二者并没什么差别，对我而言……

复杂得多。

比方说除了麻瓜，其实家中同时另还有五只猫九只狗，多年下来，大约维持这数量——是我们生活品质容忍的极限。因为无论季节晴雨，猫狗皆与我们共处一室——与其说是因为喜欢而收养（或许早些年的确如此），不如说是因为同情，路边墙角被丢弃的冻饿着的生命的恐惧张皇的眼神，永远比任何抱在怀里、收拾打扮得像填充玩具的宠物更哐啷一声击中我心脏，肾上腺素急速升高，恨不能立即统统带回家。

通常猫因为轻灵不占空间，比较不需考虑太多。有那邻人用垃圾袋装来两只奶猫，说是以为天花板上有窝老鼠，整理之下，发现是附近老母野猫生了窝小猫，我们若不要的话（他一只大手握紧两只小猫），就要（折断脖子？）当垃圾处理掉了喔。当然齐声阻止并收留下，黄的叫金针，黑狸背的叫木耳。也有遛狗上山途中，山沟里一只湿淋淋的小死猫（前一天已经捡过一只大约是它兄弟的并带回掩埋），不想到了家才发现尚未死透，只是失温得厉害，接下去两天便以手帕将他包成褓褓状，谁在看书看报就传给谁握暖着，因为觉得只是尽尽人事大约救不回，没有认真取名，以色为名叫黄咪。也有来时半大不小苦儿流浪脏得看不出毛色，就取名脏脏，一星期好吃好睡下来，当场改名"大白"，原来是一只粉白美丽、看骨架肯定会长得超大的公猫。也有连猫带箱子偷偷放在我们家门口，附上一包猫饼干和一纸条，上写着"我叫Kiki"的黑成猫，养了七八年，至死我们都不知道他的性别和年岁……

麻瓜也是这样来的。暑假中，返校回家的邻人小女孩完全不会抱猫（单手握抓着猫肚皮），以致猫震天鬼叫地老远一路上来。我们闻声出门探看，穿着私立小学制服的小女孩说，学校传达室的母猫生了四只小猫，校工说若没人要就得弄死当垃圾丢掉，小女孩和同学一人勉强带一只走。我们问她家里可答应养，她说估计爸爸会在她明天去上才艺班时偷偷扔掉，所以拜托我们能收最好。

我们之所以犹豫好久，是觉得又有麻烦一场，因为麻瓜看来已有三个月大，要与九只狗彼此适应得花好大一番功夫和危险，通常来时是小奶猫的都可以得到狗族很错乱的母性的照顾（包括大公狗）。

我们的担心完全没必要，麻瓜超级聪明健康，头两天沉

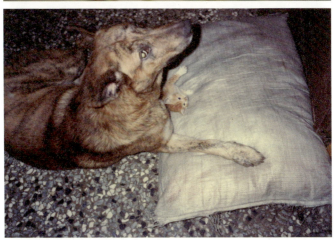

上图　被邻居小女孩托孤的麻瓜

下图　大公狗小虎正在照顾小奶猫

静地在沙发椅背高处目不转睛观察狗族，不再害怕也不盲动，且三两下弄清居家内外的地形地物，知道哪扇门该用推的，哪扇又该用勾的，哪户窗出去，跳上墙头，绕过屋侧长长的围墙，就可在门前的桂花树上假装捉得到绿绣眼，一边打量屋内的动静。我每每在遥远的餐桌这头与他隔着重重阻隔四目对上（他的眼睛沉沉的，不带感情的酷似他的东北虎大哥，也很像常上电视谈话节目的《联合报》记者高凌云），他立即发出只有我一人听得懂的猫言，说的是："大羚羊大羚羊，麻烦出来一下。"我没有一次不放下书报欣然前往，通常我推门到院子时，他已从树巅下地等着了，以我当练习搏杀对象地展开他的早课。

我们且暗暗练就了几套堪称奇特的把戏，让我误以为日后我们可以此走街卖艺。

麻瓜非常独立，野性十足，并不与其他猫族厮混，也不给人抱，总总非常满足我多年来想有只老虎而不可得的梦想。我偏偏老不慎就爱上这样的猫，毫无例外。

毫无例外的，一窝花色不一、尚无行动能力也无个性可言的奶猫，天文爱上的长大了总是健康稍有麻烦、黏答答、

正在叫唤大羚羊的麻瓜

非常会说话与听话的猫（尽管天文极力对每一只猫狗公平，无论是喂食或照顾或情感）；盟盟爱的长大了都是猎豹体形，小头长手长脚长身，吃得再多也瘦骨嶙峋（近乎《百年孤独》中马尔克斯所描述的鞑靼武士形貌），此外个个心眼小爱吃醋，在外是打通街的霸王，回了家"娘娘腔"十足；妈妈爱的长大全变成傻傻的大胖猫，圆脸圆眼，尽赖人抱，毫无自我；爸爸（还在时）是极力招呼那些较不会表达自己、较易被忽视的猫；唐诺极力不去喜欢任一只猫狗，以便每隔一阵子有猫狗亡失事件发生时，可留他个活口冷静镇定抚慰其他人的哀伤泪水，也因此我才发现他其实是家中心肠最软的人。

我爱上的猫，长大了便像狼一样的独来独往，往往离家不知所终，毫无例外。

对此，我岂没做过努力？尤其一到我最害怕的春天，便日日陷入挣扎到底要不要把门窗关上暂不让他们自由出入。

春天的时候，先是满树喧嚣的绿绣眼和白头翁，然后出太阳的日子，高处便有大冠鹫悠闲辽远的笛哩笛哩声，我应声仰脸寻找，向往极了。往往我与坐在窗台上望远的猫肩并肩，偷偷打量他的侧影（有那素铃和我一样喜欢看小土猫凸凸的侧脸哩！）。他们的眼睛或绿或黄或灰，总之肃穆极了，看得我胆怯起来，以为没有权利干涉他的天赋猫权，天人交战的结果，总是打开窗子，随他。

窗开着，并不是每一只猫都爱出去冶游，有那从不出门的，也有才出去十分钟就一阵风回来，浑身发烫，心脏狂跳，瞳孔变得满满的。也有十天半月才回来的，那肯定是哪家有只猫美眉初长成。

当然近年我们都为家里或附近混熟的流浪猫狗做结扎，

一以便空着配额给那总也捡不完的小野猫；二是如此公猫才不致为了求偶而跑得不知所终，回不了家。

是不是彻底地每一只都送去做结扎，也煞费思量甚至辩证，但很吊诡的是，如此缜密地考虑，结果往往与初衷恰好悖反。比方说家居不喜外出的猫，较容易让人下决心（因为不在外打天下不那么需要"雄风"），最教人为难的是那每几年总会出现的亚历山大大帝、成吉思汗类的大猫王。金针就是这款的猫，他个头并不大，体型方方的似乳牛，却英雄气概极了，他成年才一季，就成了我们这个山坡好几个新旧社区的猫族共主，这之中没有一场战役不是他亲身打下的（从他身上没有一刻是没有伤疤可见得）。我们佩服极他了，往往他离家一星期多返家，我们赶忙分头找吃的、替他清洗包扎伤口、忍不住七嘴八舌追问他："这次是哪样的超级大美女，说来听听？"

我真想听猫大王这些天的冒险遭遇，我猜那位特洛伊海伦一定是只三花玳瑁美女猫，这样的猫，无一例外绝对是母的，圆脸圆眼东欧女子体操选手的身形，又聪明又独立（或者这两个特质其实互为孪生？），又好难追求，我若是公猫，

猫王针针

一定同样为之倾狂的。

这样成天在外开疆辟土撒种的针针，因为我们叹服他的英雄气魄和不忍干扰他强烈的天性，反倒逃过去势一劫。

我早早察觉麻瓜的野性，便狠心做了结扎。但是春天照样强烈吸引他，他每天在后院与大厦公寓间的野草隙地捕纹白蝶。一天多则捕个十来只半死不死放我们脚前，他因此弄得花粉过敏猛打喷嚏，两眼像点了散瞳剂似的瞳孔缩得针尖小。

他偶尔彻夜不归，那夜我一定轻易被远近的猫族凄厉高亢的打斗示威声给惊醒，努力分辨其中可有麻瓜的挨扁声，往往听得血脉偾张，想立即跳窗出去给添个帮手。白日，我们又都重新恢复正常，麻瓜推门而入，像狗族一样不择地地通道一倒，伸长手脚歇息，我们遥遥对望一眼，知道是指昨夜里的事。

还有麻瓜爱尾随我出门，行为不像猫而像狗一样地走在平地跟在脚边（通常再信任人的猫也只愿平行走墙头、车底或各种掩蔽物），麻瓜自不像狗族肯听我劝告垂尾扫兴返家，弄得我只好选他大睡时出门。有几次早已经成功地离家好远，

麻瓜

自以为，我也以为是东北虎的麻瓜

正庆幸，突然路边停车车顶洞声巨响，麻瓜自人家围墙墙头空降而下，得意地把尾巴竖直成小旗杆也似，企想跟我去我要去的地方，如同夜间我极想知道他的去处。谁教我不分季节晴雨不分场合就只穿那铁鞋一般的马丁大夫鞋，如何轻声蹑足都必发出踢踏舞或弗拉门戈的足声易于辨认追缉。

　　仿佛与时间赛跑，我祭出最原始的法宝，希冀以吃来留住他。只要我在家的时候，每隔几小时总要望空喊他回来吃什么都好，有时见他吃得起劲，便一旁趁机进言："我看我们还是不要去当野猫的好是吧？"

　　青少年麻瓜被我喂得太胖了，他常常摊个花肚皮和狗族躺在太阳地里懒洋洋，有人见了就出烂谜语："有只蟒蛇吞了只兔子，猜猜是谁？"

　　我猜，麻瓜一定是有一天看看自己，悲哀为何便髀肉早生，遂出走重当野猫去。

　　左想右想，这是我仅能想出的理由。

　　我实已介入他的生活过多过多。

　　理性地这样劝慰自己，感情上，却完全无法想象日后可能再看不到他一眼，而他明明就一定在我们这个山坡社区里

（我问过管理员、清洁队员们，并没看到死伤的猫狗），咫尺天涯，想来令人发狂。我只能用最原始的方法，跑到山坡制高处朝整个山谷喊他（好像一头母豹），愈喊愈相信他可能被某热心人士收留了，给关在七楼八楼的公寓里下不了地、回不了家。

其实一两年前黑猫墨墨不见时已绝望过一次，那会儿我们冲洗了数十份墨墨的照片，天文执笔写了（我以为谁看了都会掉泪的）寻猫启事，连夜我们才贴到大厦社区的D栋，就发觉A栋的海报已被撕掉，贴妥中庭的游乐设施，F栋的已被撕毁，我们贴电杆，被撕掉，贴小学门口，被撕掉，想贴里民布告栏，布告栏上锁，里面张贴的是谁也不会耐心看第二眼的政府公告。最后只有交好的一二商家愿意让我们贴店门口。

整个社区、社会，对这样的事，是很寒凉的。

但我猜想，一定也有人会想，有那么多的失业人口、交不起营养午餐费的学童、被弃养的老人……甚至非洲、印度、阿富汗的饥童，类似我等这么做（例如随身携带猫饼干，以防遇着受饥的野猫时很无力伤感），太妇人之仁、太小资产阶

走失未回的黑猫墨墨，同寝的是光米

级、太何不食肉糜。正如同相对地，我也常不解，只要街头一天还有流浪猫狗，"流浪动物之家"、环保局动物收容所狗满为患，为何会有人去宠物店买狗买猫？

面对前者的质疑——包括有一派的动物学者（台大费昌勇教授？）主张以较"理性""肃杀"的态度和方式来彻底结束一代流浪犬的社会问题——我甚至是有意地让自己小仁小义不坚硬起心肠，因为，我害怕（不管是基于任何的考虑或主张或论理）若自己一旦对日日触目所及的弱小都不能感同

墨墨

其情，如何能对更遥远更抽象的贫穷、饥饿、幼童心动心软并付诸行动？

这么做——看着素昧平生的流浪猫狗不知有没有下一顿地狼吞虎咽一餐，一来借此我把自己的心养得软软的、烫烫的、火红的，像丰子恺说其幼子："我家的三岁的瞻瞻的心，连一层纱布都不包，我看见常是赤裸裸而鲜红的。"二来但愿这些倒霉透顶生在我们岛上的猫狗能在他们生命有限的和人的接触中，至少，至少有那么一次，是温暖的、和善的。

关于后者（我激进地以为凡街头还有流浪猫狗，就不该去宠物店云云），确实我常常刻意不加入爱猫爱狗族友人的聊天话题，例如你狗儿子专爱吃哪家进口牌子的罐头或起司，我猫女儿只吃每天早晨去传统市场的鲜鱼摊买回的现杀现煮活鱼云云。我甚至很不礼貌地不怎么搭理他们的猫狗儿女，一来以为他们得到的感情照护资源已太多，无需锦上添花，二也觉得私人领域的如何宠溺深情是个人的自由，但放在公共领域就不免触目惊心，甚至会给那些不了解动物或原就不打算了解动物的人们正当的理由和借口。（你看，猫狗待遇比我们普通人都好，所以哪还需要我们去关怀去同情？）

因此我们常常极不通人情地拒绝识与不识的人的请托，收养他们因出国、搬家、结婚、有了新生儿所以不能再养的猫或狗。我总不相信他们曾经能养、曾经有感情，何以不能继续下去。友人通常试图说服我们："可是它好可爱好聪明，是什么什么哪种哪种狗耶（某个大名牌血统）。"我们更不为所动地回答："那一定更有别人愿意收养了，我们家若是小小的流浪动物之家，也是给那些肯定没人要、叫不出名号的猫咪狗狗待的。"

　　那些被车撞跛了脚的、脖子上紧缠捕狗铁丝的、中国人以为不吉利的白四脚的、医生宣布束手治不好的皮肤病顽疾的，那些真的丑巴巴的，那些照眼就知是新被主人弃养街头的丧家之犬……

　　那些受损伤的和被羞辱的……

　　便也有麻瓜出走半年后的台风前夕，同一个小女孩又从学校抓了一只灰色虎斑小狸猫打算偷偷塞进我们信箱就跑人。终究，小猫的尖声哭叫引得我们出门探看，我们给她取名纳莉（台风），小名纳纳。一个月后，纳莉升格做姊姊，来了一只更小的白腹黄背小公猫，取名 APEC，是邻居改建老屋工人在冷气口抓来的。APEC果又是天文会爱上的那种哭兮兮、爱告状的跟屁虫，小名哭包头。

纳莉年纪小小，眼神好似老虎，我偷偷喊她麻瓜妹妹，因为她所有行为模式与麻瓜一模一样，野归野，但因为是女生，春天过了一半，窗户开着（又一场天人交战），她并没有打算出走的迹象。

我心存感激，感激这些如此狂野独行的猎人们，愿意不时与我暂处同一个屋檐下。

麻瓜走失后的夏天，先后收进门的纳莉姊姊（右）和 APEC 弟弟

猫爸爸

猫爸爸读音"卯霸吧"或"猫疤疤"或"猫把拔",不这么说明,文章无法进行。

缘此,大概可知道猫爸爸并非一般的泛称,而是指特特定定的那么一只猫。这只大公猫,如同我所结识的大部分城市流浪猫,生年不详,却比众多生灵(包括人)要在我们的某段生活中留下更深的印痕。

有猫爸爸,那一定也有猫妈妈、猫小孩喽?没错,事实上,整个家族中的猫爸爸是我们最晚认得的。

最早是猫妈妈(音"卯骂马"或"猫马麻")。

每每以为整个山坡的猫口已被我们控制妥了(家中的、附近流浪的,皆被拐去结扎),就不知哪天坡底巷口出现一只苗条的三花玳瑁美女猫,她常专注坐在爱钓鱼的邻长家门口看他们大门敞着院子里杀活鱼，不时分得一些鱼肚肠，因此不怎么热衷我们喂食她的猫饼干。她照例（依她的花色）不怕人也不黏人，既独立又聪明，因此稍一疏忽，见她什么时候肥了身躯涨了奶帮子，结扎，已来不及了。

那个暑假才开始，猫妈妈一连不见几日，猜想是生养去了。再出现的时候，在某户长满鸭跖草的一楼雨棚上，过往邻人都见得到，计有奶猫四只：一只是猫妈妈翻版的三花玳瑁，我们叫她猫妹妹；另是兄弟仁，黄虎斑二，黄背白腹一。海盟心里排一排大小 XY，推算奶猫爸爸是只黄虎斑白腹，我们只奇怪着记忆中附近并没见过这号公猫。

猫妈妈依其本能不断搬家，不过搬来搬去无非这家二楼阳台到那家冷气上，那家门台到另家的违建物顶上……整巷子的人其实都尽看在眼底。

猫妈妈开始积极接受我们喂食，我们给她增加鱼罐头或高汤捞起的鸡胸肉，知道仔猫光靠母奶不够，已到需要妈妈呕食的时候了。

一回路边喂食猫妈妈，也不知哪里传来比乌鸦要嚣张放肆的呱呱声，细听更像木栅动物园鸟园中的鹦鹉们所发的繁

猫爸爸

复腔口。循声找了半天，路边停车车底一只大头瘦身、没有颜色的大猫，正朝埋头苦吃的猫妈妈发出告诫，说的是："你这个女人啊只管吃，吃的是什么毒死你哟！"

啊，原来是传说中的猫爸爸。

从此我们多准备一份食物给猫爸爸，猫爸爸半点不客气地大方享用。我们偷偷猜，也许当初他警告猫妈妈的是"别只顾吃啊你这女人，留两口给我吧"。

猫爸爸才吃一星期，再加上有暇有心情理毛，真的原来是只黄虎斑白腹颈的俊美大公猫。他的头脸真大，两腮帮有着典型混种公猫会有的嗉囊，因此整个脸呈横椭圆，他的眼睛是绿豆色，会上下打量人，而且，啊，而且他不畏人言地好撒娇，竟然在马路当中央翻滚着，亮个肚皮邀我们搔搔摸摸。我们互望一眼忍着不笑出声，怕他发火，又且干脆超过进度地一把将他抱起来（通常结识一只城市流浪猫从定点定时喂食，到可以接近、可以触摸，快则数周，慢常经年不可得）。从没被人抱过的猫爸爸，身子硬硬的，两爪规矩地搭人肩上正襟危坐，害臊得任谁都看得出，脸红了。

整个夏天，猫爸爸尽职地陪猫妈妈育儿，虽然在我们看来他能做的其实不多，比较多时是代猫家族谢谢前来喂食的邻人们。小猫们却被聪明机灵的猫妈妈教得太好了，难以接近，只每听我们摇着装猫饼干的茶叶罐的喳啦喳啦仿佛求签筒的声响，便既兴奋又害羞地跑出来，其中胆小的猫妹妹总远远在猫队伍最末地坐在墙头树荫里，即便如此，也看得出她克利奥佩特拉的绝世双瞳。

猫妈妈仍搬家搬不停，除了安全感的原因外，我们渐已能接受那其实是在执行自然淘汰的一种筛选方式，这在缺乏稳定食物来源和安身之所的流浪猫尤其明显：她势必得将有限资源集中给严选之后最强最有机会长大的那一二只，放弃那不经折腾的、那不能适应新环境的、那跟不紧妈妈脚踪的、那先天病弱损伤的……多年来，理性上我们可以接受，（连那造物的和做母亲的都硬得起心肠！）忍住不插手不介入，但，真遇到了，路旁车底下的喵喵呜咽声，那与一只老鼠差不多大、在夜市垃圾堆里寻嗅觅食的身影，那打直着尾巴不顾一切放声大哭叫喊妈妈的暗巷角落的剪影……看到了就是看到了，无法袖手。

在我们能接触并抓到猫小孩前，一场台风加几日的失联状态，猫妈妈再出现在巷子人家时，尾随的竟只剩下最谨慎胆小的猫妹妹了。但我们的悲伤和注意力很快就褪去和被取代，一切只因为猫爸爸。猫爸爸这一阵子陪坐月子兼休养生息，头脸四肢打架的伤疤落尽，黄虎斑竟呈亮橘色。随着猫妈妈育儿责任减轻，夫妻俩常躺在巷口乱草隙地晒太阳。与猫共处多年（至今我仍说不出养猫二字），并不多见猫族清楚固定的一夫一妻制，但猫爸爸非常着迷猫妈妈，常常望之不尽，上前蹭蹭，猫妈妈一个巴掌扇开，不领情极了。

猫爸爸也非常爱我们，他这款的黄背白腹猫，话特多（我们的兽医朋友吴医师也说这毛色的猫很吵）。他每每闲来无事送往迎来，边走边聊陪我们走到辛亥路边的公车站牌，或相反陪我们回家。我有时告诉他："猫爸爸，又熬过一天啦。"这类话，通常谁我都不说的。猫爸爸与我们说话的声音与对猫族绝不同，他且知晓我们家猫多狗更多，快到门口便留步，站在路那一岸望着我取钥匙开门，说声："那，告辞啦。"

临进门，我偷偷回头，看他缓步走下山坡巷道，都不像其他猫族走墙头或车底，他昂首悠闲走在路中央，潇洒自在（抽着烟？），我一时想不出有哪个人族男性比他要风度翩翩。

于是我们又掉入了一个难局中，到底要不要把猫爸爸送去结扎？

因为这期间，我们发现猫爸爸仍不时去探访他王国里散居各处的后宫佳丽们，且他的领域惊人地广，有次出门路上碰到正也要出发办事的猫爸爸，匆匆寒暄互道一句"快去快回"，便各走各的。才健步走到捷运站旁的废料行修车厂，当头传来一声狞猛的公猫示威恫吓声，我怀疑地朝屋顶试叫：

"猫爸爸?"他应声探头俯瞰我,也吃惊极了,立即换成我熟悉的温和人语:"哎呀怎么是你?"我明知不可能地好言劝他:"猫爸爸算了别打了,回去吧。"

海盟说,猫爸爸管的比我们兴昌里里长的辖区还大。我们非常惊服他那精彩极了的生涯,不忍杀其雄风(总是这样,家居、驯良的公猫不需挣扎就送去结扎,开疆辟土四处撒种的反而煞费思量甚至逃过一劫),只好先料理猫妈妈和渐长成的猫妹妹。

若说猫爸爸是里长伯,猫妈妈就是邻长了。猫妈妈也巷口巷尾送往迎来,闻风前来探访母女的公猫包括我们家的,全被猫妈妈打跑净空,但我们好高兴有她可与妹妹做伴。胆小的妹妹,进步到可蹲踞墙头接受我们的目光和叫唤而不逃跑,她的眼睛幼时美绝了,大些却因未开化显得闪神、少一窍。我们共同觉得她是马尔克斯《百年孤独》里那名绝世但秀斗的美女"美人儿",早晚会抓着一张白被单乘风升天绝尘而去。

毕竟赶着猫妈妈发情前,我们把母女送去结扎,并要求让她们多住两天院,直到麻醉、伤口恢复无恙,担心接回来

绝世美女猫妹妹

原地放生会把妹妹吓得不知逃哪儿去。

接回来的结果大大出我们意料，妹妹出了猫笼直绕着我们脚畔不肯走，我们竟得以第一次摸她（她的毛皮好像兔毛哇！）。猫妈妈大不同，一出笼就气跑，跳到某家雨棚上专心理毛，理都不理我们。

猫妈妈的气生好久，而且祸延妹妹，她开始会呵斥甚至掌掴前去撒娇的妹妹，她且擅自划出领域，一人半条巷子，不准妹妹越界。猫妈妈继续对我们不理睬，我们定点喂食，她意兴阑珊地并不如以往欣然立即前来享用，而且猫妈妈变得懒懒的、木木的，更常愣愣坐在马路中央看那家人杀鱼，她变得好胖，不再有当妈妈前，甚至哺乳期时都还有的苗条腰身矫捷身姿。我偶尔迎面遇到她，心虚（想想我们对她做了什么？！）因此加倍热情地喊她："猫马麻。"

我又照例后悔剥夺掉她那最强烈的生命原动力，这漫漫无大事可做的猫生，可要如何打发度过？

妹妹也一样，整天乱草丛中抓抓蚱蜢、纹白蝶，晚上路灯下的金龟子或蟑螂，要不墙头呆坐，眼睛斜斜的，愈发傻了。我打心底深深地抱歉。这期间，猫爸爸时而失踪十天半个月，出现的时候，往往大头脸上伤痕累累，身子瘦一圈，毛又失去颜色。就是他，猫爸爸，我和天文在野地上帮他清理伤口、喂营养，边异口同声问他："猫爸爸，这次是哪家的大美女，长什么样，说来听听吧？"我还真想知道他这不时的经历，开疆辟土、王位保卫、寻求绝世美女、返乡……仿佛一则一则的希腊神话，现实的人生中，我也一时找不出有我知道的什么人活得那样精彩。

如此两年。

这中间，侯孝贤导演替中国信托拍企业形象广告，本打算拍一高阶白领爸爸下班途中与小女儿喂流浪猫的故事，便择某个好天气到巷口拍了猫爸爸一家子。猫家三口大派得很，丝毫未被大队人马器材给吓到。此构想后来虽未被客户接受，但，至今他们都留在侯导的片库中。这，太重要了。

因为这之后没太久，猫妈妈再不见了。

通常母猫没有理由离开自己的领域，我们默契极佳地假装没这回事，绝不冒失地自问问人："奇怪这猫妈妈到底哪里去了？"（这份长长的失踪名单包括大 Toro、花脸、破烂猫等等）绝不乱想，绝不问巷口邻家或清扫巷道的清洁人员是否有毒死或车祸死的猫（这通常是城市流浪猫最常有的下场）。

早就形同失去妈妈的猫妹妹愈发黏人，往往对我们的喂食看也不看，只要求人抱，我们谁有空就路边蹲下抱她个十分钟。她比家猫还撒娇，打着呼噜，不时从怀中仰脸仔细端详人脸，忍不住时就上前轻咬人下巴。猫妹妹只要爱情不要面包，但我们并不试图收她进家，因为成猫，尤其谨慎胆小的母猫，是无法克服天性本能踏进一个有十条狗的人家的。

冬天时，某场战役结束返乡的猫爸爸，竟至我们家门口张望叫唤，他唤天文时特有一种温柔的口气嗓音，他说："美人啊，又要麻烦你啦。"我一直觉得他根本把天文也看作他后宫佳丽中的一名，我们对站在门口老不走的猫爸爸说："可是我们家有好多狗喔。"猫爸爸一反过往，打定主意要进我们家，他像个意志坚定到无耻的摩羯座，好整以暇花了数天时间先在我们墙头门台蹲蹲（于是我们家的猫族包括猫王大白就都只好接受他为僭主），又在走廊废纸箱上睡一两夜（于是死对头狗族们习惯了他的气味未觉出他是外来者）。终至某个黄昏，一阵冷风荡开纱门，猫爸爸进得屋来，四下打量着（这是他第一次看到人族的居处），半点未露大惊小怪的神色，因此狗族不惊，猫儿们安睡，在客厅看书并目睹的一二人族大气不敢出一声。猫爸爸施一礼（人族某如此坚持描述），熟门熟路选了一张沙发跳上去，呼呼展开一场时钟转了整整一圈的好睡，好像他生来就在这屋里，一辈子都在这屋里。

成了有家可归的半家居猫，猫爸爸仍不时得听任血液里的召唤出巡。他偶尔坐在窗台望空出神，一阵多讯息的风涌进，光看他的背影也知道他好难决定要不要出门，于是我们给中性的意见："不然快去快回，卯霸吧。"猫爸爸考虑着，几次像《百年孤独》双胞胎中的奥雷里亚诺第二一样决定不了要不要去情妇家，他最后看看天色说："等雨停吧。"

结果那场好雨一下就整整下了四年十一个月零两天。

猫爸爸说，等天暖吧。

天暖的某冬夜，天空晴得很，猫族又大游行去了。

这一直是我极好奇的，至今找不出频率，也归纳不出是什么样的环境条件（例如天候或月亮盈缺）……久久总有那样的一夜，家里的、外头的、胆大胆小的、野性或驯良的、公的母的……一阵风地全不见，彻夜不归。我们暗自纳罕着，猜测着，我坚持是猫神出游或猫大王娶亲，后山的野地里，月光魔力如磁场，所有家猫流浪猫宛如星辰一般平等，没有饥饿，没有磨难，没有存活人族世界中的卑辱……那样的夜里，我多希望我也拥有无声避震的肉掌垫、跳跃起来有如飞鼠的矫健身姿、不带感情的夜视双眼，以及我羡慕透顶不分公母猫皆有的精神狞猛的长胡须，我将可以第一时间尾随动作最慢的大胖贝斯，跟踪至月光会场，证实我的猜测。

因为处女座而较实际的天文说，那大多是气压低的夜晚，百虫出洞，他们原先追猎一只蟑螂、壁虎出窗，出阳台，越过挡土短墙走到尽头，或朝右跳上丁家的围墙或左往徐家的违建屋顶，最后不是在社区警卫亭前隙地上蹲蹲，就是在陈妈妈家门柱上傻坐一夜。

早春天候又转冷那日，猫爸爸缩短出游时间提早好几天返家，惊喜之余，发现他未有外伤却全身帕金森症似的抖晃不停。我们把猫爸爸送至吴医师处，吴医师建议先给支持性治疗再慢慢观察，我们也希望他借此好好休养免得回家又去寻访美女。

这一住，就半个月，接回家，是因为吴医师说："我看他需要的不是医院，是养老院。"又说，猫爸爸当猫王的时日不长了。

医院回来的猫爸爸，出了猫笼，认出是我们家，抬头望望我和天文，眼里的意思再清楚不过，因为我们都异口同声回答："没问题，就在我们这儿养老吧，欢迎欢迎。"猫爸爸的眼睛多了一层雾蓝色，是我熟悉尊敬的两名长者晚年时温暖而复杂的眼睛。

那最后的几日，我们帮他在沙发上安置了一个温软的铺位，但他极讲尊严地坚持下地大小便，尿的是血尿，吴医师说猫爸爸的内脏器官从肾脏带头差不多都衰竭了。这我们不意外，有谁像他这样一生当好几世用。他时而昏睡时而清醒，看看周围，人猫狗如常，我们就唤他猫爸爸，猫爸爸总拍打尾巴回应，眼睛笑笑的，不多说什么。

最终的那日，二〇〇三年四月四日，全家除了天文正巧全不在。天文坐在他身旁看书，不时摸摸他唤唤他名字，于是他撑着坐起来，仿佛舒服地伸个大懒腰，长吁一口气，就此结束了我们简直想不出人族中哪一位有他精彩丰富的一生。

所以，不准哭！

猫爸爸不在，仿佛角头大哥入狱，小弟们纷纷冒出头争

猫爸爸众多后裔之一的尾黄

地盘。山坡巷子里，几场恶战后，出现两只一看就是猫爸爸儿子的分占山坡上下段，他们好似《百年孤独》中老上校散落各地、额上有着火灰十字印记的儿子们，两皆黄虎斑白腹、绿眼睛、大头脸、太爱用讲的以致打斗技术不佳时时伤痕累累。太像了，只好以外观特征为名，一只叫（三）脚猫，一只叫（短）尾黄。

我仍有空的话每天路边抱抱猫妹妹，短暂地庇佑她，给她些些人族的爱情和温暖，这是我唯一能为猫爸爸家族所做的了。

李家宝

李家宝是只白面白腹灰狸背的吊睛小猫，之所以有名有姓，是因为他来自妹妹的好朋友李家，家宝是妹妹给取的名儿，由于身份别于街头流浪到家里的野猫狗，便都连名带姓叫唤他。

李家宝刚来时才断奶，见到妹妹又抱只猫进门我便痛喊起来，家里已足有半打狗三只兔儿和一打多的猫咪！我早过了天真烂漫的年纪，宁爱清洁有条理的家居而早疏淡了与猫狗的厮混，因此一眼都不看李家宝，哪怕是连爸爸也夸从未见过如此粉妆玉琢的猫儿。

有了姓的猫竟真不比寻常，不知什么时候开始，他像颗花生米似的时常蜷卧在我手掌上，再大一点年纪，会连爬带跃地蹲在我肩头，不管我读书写稿或行走做事，他皆安居落

李家宝与我

户似的盘稳在我肩上。天冷的时候，长尾巴还可绕着我脖子正好一圈，完全就像贵妇人大衣领口镶的整只狐皮。

如此人猫共过了一冬，我还不及懊恼怎么就不知不觉被他讹上了，只忙不迭逢人介绍家宝的与众不同。家宝短脸尖下巴，两只凌瞵大眼橄榄青色，眼以下的脸部连同腹部和四肢的毛色一般，是纯白色，家里也有纯白的波斯猫，再白的毛一到家宝面前皆失色，人家的白是粉白，家宝则是微近透明的瓷白。

春天的时候，家中两三只美丽的母猫发情，惹得全家公猫和邻猫皆日夜为之倾狂，只有家宝全不动心依然与人为伍，为此我很暗以他的未为动物身所役为异。再是夏天的时候，他只要不在我肩头，就高高蹲踞在我们客厅大门上的摇窗窗台上，冷眼悠闲地俯视一地的人猫狗，我偶一抬头，四目交接，他便会迅速地拍打一阵尾巴，如同我与知心的朋友屡屡在闹嚷嚷的人群中默契地遥遥一笑。

家宝这些行径果然也引起家中其他人的称叹，有说他像个念佛吃素的小沙弥，也有说宝玉若投胎做猫就一定是家宝这副俊模样。我则是不知不觉渐把家宝当作我的白猫王子了。

曾经在感情极度失意的一段日子里，愈发变得与家宝相依为命，直到有一天妹妹突然发现，问我怎么近来所写的小说散文乃至剧本里的猫狗小孩皆叫家宝。妹妹且笑说日后若有人无聊起来要研究这时期的作品，定会以此大做文章，以为家宝二字其中必有若何象征意义。我闻言不禁心中一恸，永远不会有人知道，仅仅是一个寂寞的女孩子，满心盼望一觉醒来家宝就似童话故事里一夜由青蛙变成的王子。家宝是男孩子的话，一定待我极好的。

这之后不久，朋友武藏家中突生变故，他是飞 F-5E 的现役空军，新买的一只俄国猎狼犬乏人照顾，便转送给我们了。狗送来的前一日，我和妹妹约定谁先看到他谁就可以当他的妈妈。是我先看到的，便做了小狗"托托"的娘。托托刚来时只一个多月，体重五公斤，养到一年后的现在足足有四十公斤，这多出来的三十五公斤几乎正好是我的零食和买花的零用钱，而耗费的时间心力更难计算。

自然托托的这一来，以前和家宝相处的时间完全被取代。由于家里不止一次发现家宝常背地里打托托耳光，不得不郑重告诉家宝，托托是娃娃，凡事要先让娃娃的。家宝只高兴我许久没再与他说话了，连忙一跃上我的肩，熟练到我随口问："家宝尾巴巴呢？"他便迅速拍打一阵尾巴，我和他已许久没玩这些了而他居然都还记得，我暗暗觉得难过，但是并没有因此重新对待家宝如前。

家宝仍然独来独往不理其他猫咪，终日独自盘卧在窗台上，我偶尔也随家人斥他一句："孤僻！"真正想对他说的心底话是：现在是什么样的世情，能让我全心而终相待的人实没几个，何况是猫儿更妄想奢求，你若真是只聪明的猫儿就该早明白才是。

但是只要客人来的时候，不免应观众要求表演一番，我拍拍肩头，他便一纵身跃上我肩头，从来没有一次不顺从我，众人啧啧称奇声中，我反因此暗生悲凉，李家宝李家宝，你若真是只有骨气的猫儿，就不当再理我再听我使唤的！可是家宝仍然一如往昔，只除了有时跟托托玩打一阵，不经意跟他一照面，他两只大眼在那儿不知凝视了我多久，让我隐隐生惧。

家宝渐不像以前那样爱干净勤洗脸了，他的嘴里似乎受了伤，时有痛状，不准人摸他的胡子和下巴一带，因此鼻下生了些黑垢，但就是如此，家宝仍旧非常好看，像是很有风度修养的绅士唇上蓄髭似的，竟博得"小孙中山"的绰号。而我并没有注意到他的日益消瘦。

元宵晚上家中宴客，商禽叔叔的小女儿奴奴整晚上皆猫不释手，自然我也表演了和家宝的跳肩绝技，奴奴见了自是抱着家宝喜欢得不知怎么好。妹妹遂建议把家宝送给奴奴，反正家宝是最亲人且尤需人宠惜的，现在遭我冷落，不如给会全心疼他的奴奴好。我想想也有道理，一来见奴奴果真是真正爱猫，非如其他小孩的好玩没常性，二来趁此把长久以来的心虚愧歉作一了断，至于家宝的要生离此——到底是猫啊！此一去有吃有住，断不会如人的重情惜意难割舍吧，便答应了奴奴。

临走找装猫的纸箱绳子，家宝已经觉得不对，回头一眼便看到躲在人堆最后面的我，匆乱中那样平静无情绪的一眼，我慌忙逃到后院痛哭一场。

忍到第二天我才催妈妈打电话问问家宝情况，回说是刚到的头天晚上满屋子走着喵喵叫不休。现在大概是累了，也会歇在奴奴和姊姊肩上伴读。我强忍听毕又跑到院子大哭一场，解猫语若我，怎么会不知道家宝满屋子在问些什么呢。

一星期后，商禽叔叔阿姨把家宝带回，说家宝到后几天不肯吃饭。我又惊又喜地把纸箱子打开，家宝已不再是家宝了，瘦脏得不成形状。我喂他牛奶替他生火取暖擦身子，他只一意地走到屋外去，那时外面下着冷雨，他便坐在冰湿的雨地里，任我怎么唤他他都恍若未闻。我望着他呆坐的背影，知道这几天里他是如何的心如死灰形如槁木了，不错，他只是只不会思不会想的猫，可是我对他做下无可弥补的伤害则是不容置疑的。

由于家宝回到家来仍不饮食且嘴里溢出脓血，我们忙找了相熟的几位台大兽医系的实习小大夫来检查，说家宝以前牙床就被鱼刺扎伤一直没痊愈且隐有发炎，至于这次为什么突然会恶化到整个口腔连食道都溃烂，他们也不明白。

原因，当然只有我一人清楚的。

此后的一段日子，我天天照医师指示替家宝清洗口腔和灌服药剂牛奶，家宝也曾经有回复的迹象。但是那一天晚上天气太冷，我特别灌了一个热水袋放在他窝里，陪着他，摸了他好一会儿，他瘦垮得像个故障破烂了的玩具，我当下知道他可能过不了今晚，但也不激动悲伤，只替他摆放好一个最平稳舒适的睡姿，轻轻叫唤他各种以前我常叫的绰号昵称。有时我叫得切，他就强撑起头来看看我，眼睛已撑不圆了，我问他："尾巴巴呢？"他的尾巴尖微弱地轻晃几下，他病到这个地步仍然不忘掉我们共同的这老把戏，我想他体力有一丁点可能的话，他一定会再一次爬上我的肩头的。重要的是，他用这个方式告诉我已经不介意我对他的种种了，他是如此有情有义有骨气的猫儿。

次日清晨，我在睡梦中清楚听到妈妈在楼下温和地轻语："李家宝最乖，婆婆最喜欢你了噢……"我知道家宝还没死，在撑着想见我最后一面，我不明白为什么不愿下楼，倒头又迷蒙了一阵，才起身下去。家宝已不在窝里，摸摸热水袋，还好仍暖，家宝这一夜并没受冻。

我寻到后院，见妈妈正在桃树下掘洞，家宝放在廊下的洗衣机上，我过去摸他、端详他，他还暖软的，但姿势是我昨晚替他摆的，家宝眼睛没阖上，半露着橄榄青色的眼珠，我没有太多死别的经验，我只很想摸暖他，凑在他耳边柔声告诉他："家宝猫乖，我一直最喜欢宝猫，你放心。"便去拨他的眼皮，就阖上了，是一副乖猫咪的睡相。他的嘴巴后来已被我快医好了，很干净洁白，又回到他初来我们家时的俊模样，可是，我医好了他的伤口，却不知把他的心弄成如何的破烂不堪。

家宝埋在桃花树下，那时还未到清明，风一吹，花瓣便随我眼泪闪闪而落。现在已浓荫遮天，一树的桃儿尖已泛了红，端午过后就可摘几个尝尝新了。

我常在树下无事立一立，一方面算计桃儿，一方面伴伴坟上已生满天竺菊的李家宝。

猫天使

这儿有一幅标准的猫天使写照，容我简单描述。

猫天使有男有女，这名猫天使是个女子，而且骑摩托车，而且有丈夫，她约好了去木栅动物园捷运站接下班的丈夫回家。丈夫久等她不来，只好一肚子狐疑自行徒步返家。走着走着，果然暗暗担心的竟成真！前方不远路边一台大货车尾两轮间竟路倒一人，露出两条他不可能再熟悉的牛仔裤长腿，而近路中，一辆他也不可能再熟悉的他家的摩托车！做丈夫的头皮发麻两脚瘫软打算爬过去抚尸大哭，同时还残留丁点理智地奇怪为何没路人围观没蝇蝇环绕的警车救护车……那腿主人忽地坐起并发言："怎么办陈正益，在排气管上怎么抓都抓不到！"一张他不可能再熟悉尽管沾了油污汗水的脸。

天使的脸。

且不说那只躲在车腹的小野猫后来的命运，我的这名猫天使朋友小郑，家里尚有三批猫，一批是她分别陆续在市场、河堤、社区捡到并照养得健康俊美的五只大猫，第二批是未断奶、长得丑丑的小猫三人组，新一批是妈妈觅食遭车撞死的还未睁眼的黑白花一窝四只，每两小时就齐声哭叫讨奶吃。

待最辛苦的时期度过，也就是猫们可以断奶独立，便挑可爱健康（因此认养率高）的送到长期合作理念相近的兽医院打预防针结扎妥，等待认养。至于那丑丑的、瘦弱胆小的、连兽医照眼便说是"货底"（送不出去）的，便留下。

每个猫天使家都有好些只货底猫。

我认识的猫天使不多（唉，其实永远不嫌多），其中有些还是我辛苦经营的下线和下线的下线，没错，便有所谓的猫天使老鼠会。

近些年，自从城市流浪狗口数稍获控制并减量（还真不敢细究其过程及手段），流浪猫大增，传统爱猫人捡拾收留的速度远远追不上猫口的自然增长，便得耐心开发、培养一些没养过猫，或曾养过后因生养小孩、搬公寓大厦、工作忙碌而没再养过的熟不熟的友人。

试着开始养猫，通常在下决心之前最难，一旦真养了，任何种种的大小不方便，立即被难以描述的快乐和情感回报给取代。善门一开，很快就第二只、三只……像小郑一样，三窝。

为了好事能做得长，不让自己或家人的生活品质给压垮，通常我会建议猫天使们也试着去开发培养一些下线，下线再想办法培养下线……流浪猫收养系统于焉成形，整个儿地架构出一个猫天使老鼠会（王国）。

（圣乐响起……）

干吗？

我总以为，我偷偷以为，我们这一代人只消稍稍地将之善待，积极则收留、结扎，更积极的则泽被所相遇的猫，定点定时喂食，混熟了视猫咪个性状况再决定收养与否，不收的话仍可结扎再原地放生；消极的，留一口水给他们吧，门前墙角的一碗水，可以让多少流浪猫不致渴死或死于肾脏病。

还有更消极的吗？

我曾经能够的想象是，就——视而不见吧。因为老实说，他们都没嫌人族占尽便宜、占尽资源，我们倒如何便嫌他们仅仅只是"碍眼"？例如一次盟盟放学回家途中蹲在村口喂流浪猫，一老男人路过见了就努力挑剔，他说："他会大便喔。"盟盟抬头看看他，继续喂，老男人想不出其他抱怨地再说："他会大便喔。"如此又重复数次，盟盟喂完起身发话："是喔，你不会大便喔。"

没想到还有人不是仅仅只语言挑剔，还不怕麻烦地付诸行动：不久前报纸市政版报道，台北市今年上半年有三千一百四十九只犬猫被安乐死，是去年同期的一点四倍，其中猫的安乐死数量较以往呈倍数增长，环保局表示，以往捕猫的数量有限，但今年三月以来（可能是SARS故），民众频频打电话或以电子邮件检举陈情，才导致捕猫数量大增。环保局说他们并不主动捕猫，该局在接获民众检举陈情之后，会把捕猫笼交给检举人或陈情人，由检举陈情人自行去诱捕，捕获猫后再通知环保局派员带走，并安乐死销毁。

我想破脑袋，尽力设身处地想象这些捕猫人（非指被动受理的环保局公务人员）的心境——是这样的吗？——那只出现在巷口好几天的破烂瘦猫看起来真是既可怜又可憎，想必浑身布满着鼠疫菌、汉坦病毒、SARS 病毒、艾滋病毒（？）……两天没见刚以为他已经饿死病死或被车撞死，他竟然黄昏又出现在人家墙头上凉快优哉着，真教人好生羡慕，哦不，好生讨厌。我且当然试过用浇花水管喷他，用石子瓶盖 K 他，绝不许他侵入我的势力范围，因为我相信阳台那株茉莉之所以提早开花又开得如此肥白一定是他在花盆里偷偷遗粪所致；我还恨他及他的一二同伴某夜或吵架或颂歌把我给吵醒，我老婆都久不与我同床了，他性生活倒比我活跃真教人嫉妒……真是凭什么他们这些混吃混喝不用上班缴税对这社会毫无贡献的垃圾！既然一再陈情检举都被告诉得自理，只得自己展开清理、诱捕垃圾行动……

通常一个有经验的猫天使想接近一只受饥受损受屈辱、对人毫无好感的城市流浪猫，定时定点、风雨无阻地喂食大概是最基本的工作，如此短则数周、长则经年方有可能触碰到猫。于是刚刚我们所说的这些散落城市各角落的数百名勤奋的捕猫人（想来真令人头皮发麻！），得与猫天使做一模一样的工作，还得一反过往地忍住斥咄他，和颜悦色地不致教猫见了你就跑没踪影。

在这耐心的日日喂食中，你将目睹一只小仔猫长成矫健的青少年，目睹病残、没颜色的猫恢复体魄毛色丰美，睁着圆圆的大眼睛注视你，甚至对你开口说话。然后你，要选那样一日，待他满怀信任地走进你放了食物的笼子，门自动关上（我无法，也不敢想象那些可怕的机关），他或困兽一般垂死挣扎，或惊恐得绷断神经当场成痴哑，或蜷缩笼角深深懊悔怎么便忘了幼时妈妈再再教诲的永远不可接近人族的禁令……都没差别了。

能不能，我们用一种前头我说过的一代人的善待，积极若猫天使、消极当没看见，来为一代流浪猫送个善终？流浪猫平均寿命通常只二到三年，若加上结扎工作的介入，有生之年，我们将很快地看得到成果，或很吊诡地应该说，我们将一定不会再轻易看到随处可见卑弱、病残、受饥受苦的猫族（其实我一直不认为那只是他们的受屈辱，也根本是在同一个时空生存的我们人族的耻辱）。

当然立即便已听到一种不以为然的回音，诸如失业、交不起健保营养午餐费的人都活不了，还有暇有钱去管猫！

这其实真问错了人，我认识知道的猫天使们社经位置能

某冬日太阳地里的猫族狗族

力不一，他们有没有同时在做对弱势人族的捐输援助，我不完全清楚，但是我倒是非常确定会如此振振有词质问的人还真都惜情惜金如泰山，认为他人或自己的同情是不可以乱用乱浪费的，必须用于人类伟大的终极目标如一场圣战、建国，或礼敬侍奉某超级名法师……长时间下来他们因此变得极坚硬极刚强，大大违背他们初衷地对凡事皆天地不仁。

我们的猫天使，并不把同情心看作高高供在祭台上的神圣法器，他将之当作寻常的家用利器菜刀剪子，得常常用，常常淬之砺之，才不会真到大用时发现已生锈不堪使用。

一个见到受苦的生命会心热眼热不忍的人，不会对另一种同样受苦的大型哺乳生命无所感的；至于惜情如金的后者，老实说，我反倒没什么把握。

当然我绝没意思将猫天使神圣化，并因此排挤他人其他的价值序列，或以为此时此际只此问题最大最重要，人人都应摆下所有其他关怀与资源来只处理"猫狗小事"。不是这样，当然不是这样。

我知道的一名猫天使，每天得花六小时定时定点喂养流浪猫狗，还不包括出发前的准备工作，得把某兽医长期捐输提供的猫狗食分袋装妥（有的定点有十来只，有的只一二只），准备饮水容器（容器常被挑剔之人当垃圾扔掉），然后风雨无阻骑摩托车遍及整个大安区和信义区。混熟的，送去结扎，其中温驯的可通过途径待认养，不愿与人相处的原定点放生，遇有被车撞死或横死，为之念经超度并送环保局火化……这之中的每一细节每一关口，有的须自费，有的有极少的政府补贴，总总我不知道这名猫天使是如何支应办到的，只知道她因此不敢有朝九晚五的工作而选择兼数份工作如送报和自助餐店洗碗筷，她不能有假期，不能卧病（想想数十处的猫狗在嗷嗷待哺）……

她并非唯一的一人。

至于我自己，我远远不及她、他们，我只能顾得及附近方圆一两公里的猫口。很长一段时间，我都提着一个庞大的黑色环保购物袋出入，其中放着我正写的草稿本或书，遇到走失或被遗弃的脏兮兮瘦巴巴小奶猫，很方便地将之捏进袋中，视状况带回家或直接送到我们的兽医朋友吴医师处。或惊恐或颤抖或湿淋淋的小猫在墨黑的帆布袋中，大概仿佛在子宫或黑夜时的妈妈怀中吧，都不哭泣。

也曾经为了找寻离家未归的麻瓜，地面人家已被我喊遍问遍，便把握搭捷运时，从不同角度的高处找寻。那样的时刻，我睁大凌厉鹰眼仿佛盘桓找寻猎物的大冠鹫，至今仍历历知晓木栅捷运沿线好几站哪栋建筑的阳台或屋顶经常出现晒太阳的哪样哪款的猫。

人族的世界是如此的难改变难撼动，我虽从未放弃（以自己的方式），但往往我仍不免暗叹自惊，在当下的另一个国度中，怎么如此的举手之劳就可以轻易彻底改变一个绝境中的弱小生命的命运。这想必是作为一个默默不求回报的猫天使所得到的最大回报和成就感吧，我猜。

并不是每只猫都可爱

因为随手写了几篇猫文章，便有一些识与不识的人被挑动，打算去认领收养流浪猫，满心以为是一段美好情缘的开始。

我因此有义务告知，并非如此，并非每只猫咪都可爱，并非每只猫咪都多少可实现我们未完成的荒野梦，都如国家地理频道、Discovery、动物星球频道中动物学家们方可二十四小时近身观察的猎人们。

胆 小 的 猫

极有可能叫你严重失望的是，你收留的是一只与荒野猎人形象大异其趣的胆小鬼。这平常得很，几乎每一只流浪小野猫都有一段辛酸史，跟丢妈妈的，或因弱小残疾被妈妈（包括大自然）遗弃的，或妈妈因故回不来的……我们家猫史上公推最胆小的 APEC 就十分典型，他被妈妈挪窝挪到正在整修的空屋人家的冷气口缝中，妈妈不知何故不再现身。呸咕（APEC 的小名）大哭了一整天，声震方圆数十公尺，弄得隔条巷子的我们一天被喵呜得啥事都做不了。心肠最软的天文终于掷笔前往探看，发现猫妈妈果然把他藏得好，就算擅闯人家空屋一楼二楼都够弄不到。天文只得拜托正要收工的水电工，水电工好心愿意帮忙，用个超级大扳手胡乱大力地敲打冷气，用的是暴力法。

半小时下来，人猫皆给震昏，所以起初天文还担心呸咕会因此成个聋子。但这担心全没必要，呸咕吓坏了，所以破例没放在一楼起居室与众猫众狗众人试着相处适应，天文把他携进卧室，他自此钻在书桌与墙角间，一点风吹草动（所以没聋）就不见人影，差不多要到一个月以后我们才稍能见到他。呸咕是一只黄虎斑白颈腹的公猫，通常这款花色的公猫，话多，大派到接近厚脸皮地步，是次于虎斑灰狸公猫与人关系黏腻的。APEC 完全破例，即便对最信赖的救命恩人

刚收进门的胆小鬼呸咕

天文仍非常含蓄拘谨，天文有空时故作疯癫逗他，想让他放松片刻也算心灵治疗一番。APEC 从不为所动，只缓步退到远远的窗台上蹲踞，忧虑地注视着天文，断定她是个疯婆子。

必须说明一下何以命名为 APEC。长期以来，家里猫口一直保持在少则五只多则一打间，而且来来去去生生死死，直到猫族也植晶片登录身份时，才发现要能一一准确说出他们大致年龄的难度，便图省事用时事来作记。例如，APEC 来

上图·下图　疗伤中的呸咕

的那年十月，正巧是欠缺实务经验的"新政府"第一次面对派员参加 APEC 的纷扰时刻；次年的北台湾严重苦旱，乃有旱旱；鲔鱼热季收的叫 Toro；人人谈论张艺谋的《英雄》时捡来的小黑猫叫英雄雄；最近收的丑丑的小女生叫小 SARS；等等。

丑 猫 咪

　　是的，你可能遇到的是只丑到让你犹豫缩手的猫咪，曾经有只黑白大公猫，因长相得名阿丑，有时也喊他希特勒，因为他黑白分布毫无规则可言到破相的脸的人中处有一撇浓黑。乃至第一届"民选"直辖市长族群动员激烈时，不少公开张贴的候选人赵少康海报被对手支持者给涂黑人中处，用以暗示他主张的"把不法统统抓起来"如希特勒，我们怎么看怎么忍不住说："不是我们家阿丑吗？"

　　还有苦旱分区限水时被主人放在（我不愿意说丢，因为从旱旱的举动看来主人对她是爱不释手的）我们家大门口的

大丑女旱旱

旱旱。旱旱的猫笼好漂亮，里面有专用的镂金雕花水杯，有个日本某神社求来的护身御守，随附上的猫食也是进口高档货。旱旱会像小孩子一样闹觉，绕树三匝发着黄蜂声腹语抱怨个不停，最终一定要在正使用的桌上摊着的稿纸上，啃咬着人的手指才得睡去。我们因此猜测她的主人平日一定将她抱进抱出同寝同食同工作，这回要不是出国念书断不会如此替她另觅主人的（我也不用遗弃二字，我相信她主人偷偷观察了我们家好久，确定我们肯善待一只……大丑猫）。

旱旱长得真丑，头脸毛短髭髭的像刚入伍遭剃了平头的男生，智力立时减半，常让人忘了她是一名女生，她的白底灰花散布得毫无章法，盟盟形容旱旱仿佛是蹲在一旁看人画画儿，被洗笔水一甩，甩成这模样的。我们想起来便喊她一声："朱旱停，大丑女。"旱旱次次都爽快回应，语言复杂极了，不只我们人族这么觉得，猫族也一样，公推她做通译，因为往往负责喂食的婆婆在二楼翻译日文稿子过头又错过他们用餐时间，他们便会敦请朱旱停上楼到婆婆房门口请愿催促，没有一次不顺利达成任务。

爱 说 话 的 猫

所以，也可能是一只爱说话说不停的猫，常常不知不觉被迫和他对话好久，"可是猫和人是不一样的。""别家的猫咪有这样吗？""不行就是不行。""老实说我也很想跟你一样。""不可能。""不信你去问 ××。"

××，一只严肃木讷正直不撒谎的猫。

严肃木讷的猫

起先你会很高兴他不多嘴也不偷嘴、不任意餐桌橱柜书架上行走打破东西，他沉默、自制、严肃，常常蹲踞一隅哲人似的陷入沉思，家中有他没他没啥差别，我们便也有几只这样的猫，偶尔必须点名数数儿，最后左想右想怎么少了一头牛的就是他们。

以为养不活的光米

上图　严肃木讷的光米

下图　最左边是光米，前方是小心眼大白，右边是木耳，小黄猫是呼噜

其中一只是光米，本名叫黄咪。通常如此以色为名草草暂取的猫，来时都不乐观，以为只能苟活一两日。光米来时比我们手小，要死没死失重失温，被我们尽尽人事轮流握在掌心捡回一命。因为体弱，天文便带在身边多一分照护。

光米并没因此恃宠而骄，时时不苟言笑蹲踞一角观察人族，不惧人也不黏人。我往往总被那三不五时收来的几名独行猎人给吸引，全心倾倒于他们，却又为他们往往突然离家不知所终而怅惘心伤，每每这样的空当，我都重又回头喜欢光米，老去撩拨他严肃不狎腻的个性，捏捏他的脸，快超过他忍耐程度地拍打他，不征他同意地硬抱他，每自称大舅舅（因我想起幼年时，我的大舅舅每看到我的圆鼓鼓脸就忍不住伸手捏得我又痛又气）。

光米全不计较我的不时移情别恋，因为他有天文，我觉得他们一直以一种土型星座的情感对待彼此。

光米后来得了细菌性腹膜炎，经历半年的频频进出医院、手术、化疗，其间的照护、随病情好坏的心情起伏，折磨煞人，天文觉得甚且要比父亲生病的三个月要耗人心神得多。那是我第一次看到天文无法支撑，借她编剧的电影《千禧曼波》参奖戛纳之际同往，自己一人又在沿岸小镇一个个游荡大半个月，她不敢打电话回家，我们也不敢打去。于是大舅舅我天天学天文把光米抱进抱出，逐阳光而居，并不时催眠疗法夸赞光米："光米你太厉害了，真是一只九命怪猫哇。"

光米维持他健康时的沉默不言笑，努力撑到天文回来的第二天，亲眼证实我们一直告诉他的"天文在喔，就快回来了喔"，才放心离开。

严肃不语的猫还有高高、蹦蹦。

高高是一只三花玳瑁猫，流浪来时半大不小，智能毫无开化，大大违背她这花色该有的聪慧，而且她只对吃有兴趣，吃完就窗边坐着发傻。她骨架粗大，两只大眼毫无表情，好大一尊复活岛史前巨石像，常把过路的猫族狗族们看得发毛跑人。

蹦蹦情有可原，来时是原主人连笼带猫弃在后山上，发现时笼门开着，小猫蹦蹦被狗族们咬破肚肠，扯断一只后脚。我们尽人事地送到兽医院缝合、脚关节打钢钉，说是没死的话两星期后再回院取出钢钉。

流浪来时半大不小的高高

"桑塔索菲亚"蹦蹦，右边是怪怪

才一星期，蹦蹦已如其名蹦蹦跳跳，钢钉戳出一截天线一样地竖着，才刚犹豫该如何料理，便有人扫地扫到叮叮作响的钢钉。但蹦蹦从此哑了，她原有的长尾巴也遭咬伤终至萎缩脱落，像只截尾猫，又因体型较大，很像薮猫、石虎类。她从不远游，与狗族和善相处，一生健康无病痛，是目前家中最老最长寿的猫。她且极爱理毛，非把毛舔到湿漉漉且条纹鲜明清楚不可，但因她沉默又自己打理甚好不麻烦人，我们往往忘了她的存在，都觉得她仿佛《百年孤独》中那名年轻时眼睛像美洲豹、生了孪生子便守寡、上下侍候三四代人，而后在厨房终老、没人记得她、晚年家族仅余包括她在内的三个人、于某个十月早晨决定回高地老家的桑塔索菲亚。

偷 嘴 的 猫

唯独我们的桑塔索菲亚超会偷嘴。

有一些猫也爱偷嘴，但通常下手前会大声昭告天下："就要偷了！""真的就要偷了！""不要说我没警告你们！""五、

四、三、二、一……"很君子地与一路发着呵斥制止声前来的人族比谁动作快。

蹦蹦是不作声地偷嘴，往往我们都在附近，却要待地上狗族发出争食声才发现晚餐桌上的鱼没了。猫偷鱼，天经地义，我们通常只责怪离餐桌最近的人没看守好。但蹦蹦不就此满足，她偷猫通常不吃的泡面、通常不吃的墨西哥玉米脆片、通常不吃的香菇、通常不吃的真空包装研磨咖啡、通常不吃的长长一列清单。

她通常把那些包装啃破或抓开，像个好奇的小孩单纯只想知道只想嗅嗅看其中到底装了什么。我们当场发现也罢，最怕十天半个月后得面对一堆发潮走味的食物。这，还不是最糟的。

小 心 眼 的 猫

你也可能收留的是一只小心眼、爱吃醋、易受伤（心灵）的猫。我们目前的猫王大白就是。这真不知是先天或后

小心眼的猫王大白

天，大白是只资历够久的大公猫，断断续续做了好几届猫王，该怪谁，他已不止一次被看到暗地暴力边缘地修理其他老小。他手长脚长身长，发狂兴奋起来像长了一对翅膀，可以低空掠过刷的就攫捕或毁击四下奔窜的老小猫，是故每有新的大公猫加入或长成，他立即被推翻篡位，很像狮心王理查十字军东征时不得民心的摄政约翰王。

退隐下野做平民的日子，大白习惯避居厨房最高的橱柜上的制高一隅，暗自做着泣血的表情，吃饭时间才下地，全家包括人族狗族只有盟盟同情他，不时用食物引他下来，抱抱他，给他心灵复健，便不免有人（通常是我）见了叉腰向他翻老账："早上追杀贝斯ㄏㄡ［汉语注音符号，音齁——编注，余同］，要打！"啊大白他真的伤心欲绝作呕血状，我们便叫他周瑜，叫他×××，叫他几个我们认为爱计较、阴恻恻的人。

目前的大白，正发起王位保卫战，因为刚又新进门一只大野公猫尾黄。

上图　小心眼爱吃醋的大白，拥睡的是墨墨
下图　尾黄

野 猫

所以，也很可能是只野猫，毫无半点妥协余地的野猫，大大戳破你以为冬天时他会蜷在你膝上、睡在你脚头的美好幻想。

就如同 SARS 时期，天文半夜放狗，闻声寻去，在辛亥隧道口抓到的小女生小 SARS（所以有人若突然忆起 SARS 时期某深夜仿佛曾在充满鬼故事的辛亥隧道疑似见过一名长发女鬼，别担心），我们叫她小萨斯，或萨萨、萨斯斯，如何昵称，如何喂食，如何照护，都没用。她与猫族大哥大姊处得十分良好，对狗族敬而远之，对人族则充满戒备怀疑。她常在屋子各角落静静观察我们，眼神无表情似野狼，她甚至有些以必须跟我们同住一屋顶下为苦，她在耐心等待我们人族什么时候肯迁离，把这空间还给她。

（可是我好喜欢无法接近的萨斯斯啊，以偶能摸摸她而她瞬间不跑为我非常之乐事。）

同样的野猫还有辛亥猫。

辛亥猫其实是一组猫的泛称。先是一只野母猫萨斯妈妈

左边是小萨斯，右边是她最喜欢的贝斯哥哥

（眼神非常像小萨斯）在辛亥小学校园一隅生养了一窝喵喵奶猫，一旦稍稍确定了她的活动路线，我们便开始定时定点喂食，一为想和她混熟了送结扎，二为想让小猫们熟悉人族，日后好抓去认养。

我们风雨无阻地喂食了大半年，包括两场台风期间，因为只要一想到他们母子尾生一样地等在那里（女子与尾生期于梁下，女子不来，水至不去，尾生抱柱而亡），如何都不能失约。

遭小孤女萨斯索奶，被迫当妈妈的贝斯

萨斯妈妈半点没被我们感动，而且她严禁小猫对我们有感情，所以尽管每天晚上八点左右他们母子仨早等在校园夜黯的角落，见了我们老远飞奔迎上，两只小的，小狸狸、小贝斯（长得像我们家贝斯）已经被我们喂得好大了，但被妈妈教得极严格，一面不忘发出"赫、赫"的喷气威吓声，同时刻的肢体语言是爱悦幸福地打直尾巴、四脚轮替踩踏着（吃奶时推挤妈妈胸怀的动作）。言行不一，莫此为甚。

不 愿 家 居 的 猫

不愿家居的，不只是辛亥猫组。不知该说好运或坏运，你可能遇到的是一只不世出的大猫王，其气概、其雄心，让你无法，也不忍只你一人拥有他、拘束他、囚禁他，甚至剥夺他的天赋猫权——结扎他。

我们近期的猫史上就曾有那样一只大猫王，金针。金针与他的同胞兄弟木耳还没断奶就被邻居当垃圾一样丢给我们。针针黄背白颈腹，个头不大，身体自小毛病不断，主要是皮肤病，尤其他每一远游出巡回来，旧伤未愈又添新伤口。最难好的是脖子连肩胛一处，那伤疤跟了他一辈子，老是化脓发炎，我们不敢给他戴兽医一般处理这种状况时给戴的维多利亚女王项圈，怕他在外游荡时会行动不便造成危险。于是天文发明各种包扎法，历经无数次改良，终以一方白纱布，用一种童军绑法斜斜地穿过前脚腋下固定，怕他不耐扯去，每每敷药疗伤绑好后在场的人便齐声欢呼："太帅了太帅了针塔塔。"

浑身伤疤的猫王针针

针针就自我感觉好帅地忍住不扯它，出门巡访。

出游数日回家的针针，每也要我们同样热烈地齐声欢迎。他通常从后院围墙、二楼阳台，跳窗进屋，通往一楼的楼梯正对餐桌，有时我们正围桌用餐聊天，他一人阶梯缓步走下舞台亮相似的，这时有人发现最好，便齐声鼓掌说："欢迎欢迎猫大王回来了喔。"不然他会迟疑片刻，寻思，快步下楼，从厨房推门出去，跳围墙，上二楼阳台，跳窗进屋，（咳两声）再重新郑重出场一次，如此这般直到我们忍着笑，热烈致上欢迎仪式。

（我们一直奇怪着，他怎么跟那老远日本国的系列电影《男人真命苦》里的寅次郎每趟浪游返家时必要家人热烈欢迎的模式一模一样。）

我们每见他家居才数日就坐在窗台望空发愣，便言不由衷地婉言劝他："伤养好再走吧。"（其实我多羡慕他的浪荡生涯哇！）总是，总是在某些个神秘起风的日子，我们之中谁会先发现墙头的树枝上挂着针针钻出去时给刮扯下的白纱布领巾，小小船帆一样的在风中舞振着，便喟叹："针针又出门啦……"

信箱中的猫王针针

单身汉俱乐部

也有可能你遇到的是不安于室、但半点没意思要当猫大王的公猫（们），我们叫他们单身汉俱乐部，有时是描述特定的一种个性，有时指的是一组公猫。

这在自然环境中生活的群居猫科（狮子、猎豹）是很寻常的，前者在狮王仍年富力盛又独占母狮们的交配权时，公狮们只得结党成群、玩乐吃喝，偶尔分担保卫疆土职责，待那一生中可能仅仅只有一次的时机到了，再革命篡位。

猎豹是母系社会，单身汉猎豹们连唯一的夺权篡位使命也免了。猎食、育后全母猎豹一人独挑，公猎豹们真的成天只要游手好闲、逍遥终生。

我们猫史上不时就有如此个性和生态构成的单身汉俱乐部。典型的可以眼下的贝斯和英雄为例。

贝斯是盟盟北一女乐队贝斯部的女生去年暑假在校练习时在校园角落捡得的。女生们轮流一人照顾几天，因为家里全都不许养。这也难怪，从贝斯亲人的个性可以想见那些女生们一定是一手握着他一手打电脑、做功课、吃东西、上厕所……叫父母看了不烦才怪。

所以小贝斯如同贾宝玉，是在脂粉堆里混大的，他长得也像宝玉，灰背白腹白脸绿眼，白处是粉妆玉琢的白，他的嘴是满族式的平平一字嘴，并不像其他猫咪的唇线加人中恰恰是一个奔驰车的商标。开学后，女生们把贝斯连同满笼众姊姊们买的小玩具找上盟盟托孤。

贝斯是家中唯一肯让人抱的猫，而且他喜欢两前脚环搂

贾宝玉似的小贝斯

人脖子，好心帮人族理毛（发）。人毛比猫毛长太多，他耐心认真地往往愈理愈乱。他吃得好胖，结扎之前之后对家中众美丽猫姊姊猫妹妹毫无兴趣，见到无论哪个猫王（大白或猫爸爸或尾黄）都应卯地仰脸露肚皮要害以示输诚。贼来迎贼，官来迎官，称良民也。

同样的还有英雄。英雄唯一张皇哭喊是他老妈把他丢弃在路口自助餐店前那晚上，我们把他带回家后他有吃有喝再不抱怨。英雄雄是标准的黑猫，黑猫的遗传基因简直不变异，

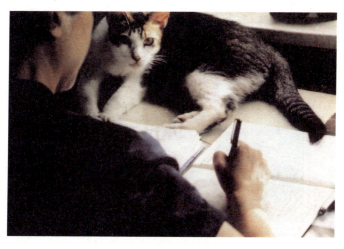

趴在书桌上的贝斯

上图 英雄雄

下图 黑猫是想做工人的英雄，一旁是萨斯

我在哪个海角天涯见过的黑猫完全是那同一只黑猫。(多年前，曾在爱琴海的米克诺斯岛的港口与一只黑猫对视良久，以为是家中那朝夕相处的黑猫因思念我而穿越时空来会。)

我们很快发觉英雄对英雄大业毫无兴趣。他的生平大志是当黑手，正巧整条巷子这家敲围墙那家打掉隔间没停过工，英雄雄日日专心看工人做工可以看一整天废寝忘食，付出的代价是几次被下工的工人锁在空屋里回不了家，还有一次是撑着返家时已半死状态，他大约掉入某种油漆溶剂桶中，我们用热水洗发精洗了五次才把毛给松开，唯他可能吞了不少，整晚呕一种有汽油味的绿汁才渐渐复原。

飞女党

与单身汉俱乐部相反的，你可能碰到的是飞女党。

这似乎与结扎的时机有关系。通常兽医都认为母猫只要发育成熟就可结扎，但我们的经验是，不可在怀孕的初期连同做堕胎手术，因为彼刻母性机制已经启动，最强大的生命

单身汉俱乐部的贝斯和飞女党的萨斯

趋力却无法纾解，好几只已经做好妈妈准备的母猫，就此精神错乱，行止异常，最后不知所终。

过早过迟结扎都不宜，我们后来就暂把时间点定格在青春期后期，如此的代价是，她们的心智状态大体就停格在那个年龄，初中三年级，便有所谓的飞女党。

这些飞女党，和那些四处游荡、胸无大志、懒洋洋的单身汉俱乐部成员不同，她们甚有默契地结合本该育后、猎捕之精力，有组织地巡守势力范围，亚马孙女战士般地痛击包

飞女党，打人的是大丑女旱旱，戒备的是 Toro

括闻她们美貌而来的外来者。

她们有时会同时锁定某只看不顺眼或结下梁子的落单的猫（例如单独长住在三楼的纳莉）。她们会突然有一天放课后，丢了书包，卷短裙子，插几绺五颜六色的挑染假发，掏根烟，操着她们认为野野的口气说："走，上楼去堵谢纳莉！"简直觉得那个老师疼爱男生恋慕的好班女学艺股长假仙欠扁极了。

我常常在通往三楼的阶梯上沿阶遇到以 Toro 为首的飞女

亚马孙女战士 Toro

120

党们，她们高高低低盘踞着，我讨好有礼（因要借路过）地一一打招呼："ㄊㄨ—ㄊㄨ—ㄌㄨ—［音偷—偷—搂—，指Toro］、萨斯斯……"

她们看看我，互望一眼，我仿佛看见她们心里嗤了一声："哼，虚伪的纳莉妈妈！"

……

嗯，并不是每只猫咪都可爱。

并不是。

猫咪不同国

多年前的深秋，与爸妈和天文旅行在爱琴海的几个小岛，有时小岛待几日不够，还一日往返跑到更小只有废墟残柱无法住宿的岛（如日神月神诞生、希腊城邦时期提洛同盟的提洛岛）。当时我怀盟盟五个多月，行动外观与平日无异，健康到不行，唯只怕行船风浪，所以他们出海的时候，我便落跑独留岛上闲荡终日。

不管在哪个岛，白墙白地蓝海蓝天蓝窗框，我很快被画一样镶嵌其中的猫儿们所吸引，码头栈道、石阶、墙头、花丛短垣、小方场一隅……永恒风景的一部分。

他们怡然大派到仿佛是岛上的主人。没错，观光季已结束，岛上商家多已回欧陆过冬，候鸟一样来年才回，游人稀少，剩些老人和未出海的渔民群聚在码头的两三家小酒馆。

我完全不知道那些猫儿是否是有家的或流浪猫，因为他们个个皆毛皮丰美身强体健，不似有冻饥之苦。他们除了个头大些，混种的外貌毛色与我生长的地方或直接说与家里的完全一样，我因此忘了自己是过客，妄想和他们交朋友。

他们半点不理人，至多闻声看你一眼或待你接近时伸个懒腰起身走人。

一只绿眼黑猫，与我正钟爱想念的一模一样。我们对峙良久，我深深望进他眼瞳里，确定他是因思念我而穿越时空化身于此，就像神话里那些神祇常干的事。

其实我喜欢他们的不必理我，不必讨好人，不必狎昵人，或相反的不需怕人，不需因莫名恐惧而保命逃开。如前述，我甚至不知道他们是否吃喝有赖人族，我只觉得他们只是如此恰巧地在生存环境中有人族存在，仅仅如此而已。人猫各行其是，两不相犯，你不吃我我也无需对你悲悯，有闲的时候，偷偷欣赏一眼便可。（我多羡慕他们一动不动望海的背影以及天竺葵花下一场沉酣好睡！）

一切如此理想、美好，伊甸园若是这图像，那于我是有吸引力的。

当然，渐渐才知道这并不容易。

我清楚记得在一些不同国家与猫族的相遇。中欧西欧国家猫与他们的人族好相似，胖大肥美安逸闲适，举目不见年轻狂野的例如后巷猫影，他们个个在人族宠溺照料之下一道与主人百无聊赖安养天年。虽然我可以轻易接近他们、摸到他们，而且公猫通常少有例外地立即打个滚仰脸摊个大肚皮邀人搔搔，要害什么的全不顾了……我每为他们的失去野性有些怅然。

"好"一些的（唉，从我这又矛盾又不知足的人族来看），例如有一年在东京调布的"东京现象所"宿舍待了整个樱花季，怕游人多，便挑个雨天去附近的神代植物公园。园里小径两侧大雨后成清浅水流，其上满布打落的盛开樱花瓣，花瓣隙中碎金似的闪映着雨后阳光。我们找了处林中石桌石椅打算野餐，雨天果然少游人，只远处有人正吃完了收摊，石桌上好一只大猫，大猫不待我们注目招呼（我们以为是那家人带来的），远远见我们这厢才打开提袋摆弄筷子纸杯食盒，他便跳下地话说不停一路行来，不待邀请，熟门熟路跳到石桌一隅并手并脚坐好等待。是一只野公猫，我们有些

女儿盟盟与一起野餐的大公野猫

东京镰仓的江之岛，岛上好多野猫

受宠若惊，赶忙找些他应该可以吃的东西，他礼貌不挑食地一一吃下，我们叫他："大内寇将。"他都应。

那顿午餐因着他而吃了很久，毕竟他一见我们有要开始收拾残肴垃圾的意思便借机起身施一猫礼，说句："那，就这样啦。"反身缓缓离去。

我猜，他与人族接触的经验一定皆类此是良善的、平等的吧，以致他在人族生存如此高密度空间的严密生活中，仍有一席可以不做家猫做野猫的自为空间。

像他这样生活的猫族，之前之后我还认得不少，例如神户北野异人馆山坡、东公园通往英国馆间的废墟小径始终住着十来只白色为主的猫家族，猫口似有总量管制年年不大见增减，有一年他们出没处贴张告示，大意是请游人过客不要随意喂食，因为附近邻居皆有规律喂食云云。还有在京都，我曾循着一本《京都猫町》去印证我见过的猫儿们。

《京都猫町》作者甲斐扶佐义，六十年代因学运风潮被同志社大学开除，一九七八年在学校不远处开一家至今仍嬉皮风十足（发誓我嗅到过大麻的香味儿）的小咖啡馆"洞"，这书便是从那时到二〇〇〇年他拍摄的各路野猫。近几年，有时我去得勤些（少则一年一次，多则一年三四次），是可以和作者甲斐君一样认出并同样被猫儿认出的，例如最为人知的哲学之道若王子寺附近的猫家族、东大祖谷寺参道的猫群、河原町荒神口近畿财务局围墙头的猫儿大游行、府立植物园里老在怀孕状态的三花妈妈、横跨鸭川数座桥下游民们同寝同食的猫们……重点是，他们可以在人族占尽资源、占尽优势的生存环境中仍有一己的存活空间。

这难吗？

起先当然我以为不难。人族占尽优势，主宰支配所有资源，区区留一口饭、留一口水、留一条活路给猫族，谁不碍谁，谁不嫌谁，何难可言？要不去一趟专售宠物用品的"爱猫园"，无时无刻不挤满人，其货品之丰富讲究齐备不下于人族的婴儿用品店，其猫笼里待售的可爱（可怜？）猫族，身价没有万元以下的，这尚只是普罗级的宠物店，所以，怎么会不善待猫？这国人。

所以我说的当然不是那些人族婴儿代用品的宠物猫狗鼠鱼鸟变色龙……我说的是那些还不知是谁早谁晚住在此地、现下仍没有或不愿与人族共处同一屋檐下的流浪猫和野猫，我发现要遇见他们（尽管他们数目颇众），或进而能接触是很困难的。在台湾，他们通常第一时间里反身落跑，尽管我的声音和肢体语言是极其温和善意无危险性的。

是什么使他们必须如此戒备保命逃生？以致无法像那爱琴海小岛上的猫瞅你一眼自顾自地伸个懒腰继续好睡，无法像另一个岛国的猫儿与你同桌共食一餐？

我渐渐相信他们的反应是极其有必要的，若我是这岛上的猫族我也会这么做。不止一次我看到父母牵着散步的五六岁小孩跺脚追吼他们，其中为数极少的一二小孩好奇趋前时，父母无例外地喝止："脏死了赶快走！"大些的小孩拿石子丢墙头的猫，大人用BB弹射，路边饮食摊贩用沸水泼他们，有人（学校老师）干脆把野仔猫从四楼当学生面抛下，有高级雅致的住宅家院不顾丑陋地密密圈上铁丝网阻止他们路过，你藏匿在角落每天更换的清洁水罐（所以不可能有登革热病媒蚊）屡屡被恶意地倾覆或踩扁，还有人仅仅只是不想在十五楼阳台赏风景时会看到河堤野草地里的野猫"好恶心哦"，便天天催唤环保局来捕猫，赶尽杀绝。

有例外吗（除了一些默默在为猫族留个活路的人族猫天

使们）？有，不止一次，我看到东南亚籍的外佣们拿些汤水残肴出来喂猫，为什么？我相信原因不只是据说在印尼、菲律宾，猫是吉祥物云云，我猜，他们是感同其情的多吧，除了他们低廉的劳动价值外，是被视作无生命的，与老人、残疾、受教就业次人一等的少数民族居民、无投票权的外籍移住民、流浪猫狗……这些低生产或无生产力的一样，必要时，可被当作垃圾似的用后即弃处理掉。

净化？我不禁想到这个敏感字眼儿。

是我太悲观太夸张了吗？不久前，我们的行政管理机构负责人在公开场合对汉人们说："多多生育。"

我们的教育管理机构官员对外籍配偶喊话："少生一点。"

我们的某位行政长官在移民政策毫无配套研议下对少数民族居民说："去中南美洲吧。"

……

对人族，尚且如此，公然挑选符合统治者利益、喜好的人作为"选民"，对其他"非我族类"，岂会手软？

什么时候开始，我在旅行观察不同国家时，在各种参考指标指数外，不知不觉加进了一项猫族指标，看这国猫族的反应，知道这国人是如何对待"非我族类"的。

　　缘此，有比我们更糟的地方吗？例如对岸南方一省，一年要烹杀数万只猫族。但我也去过大陆的不同地方，上海的襄阳商场背后的传统市场摊，卖杂粮五谷的窄小货铺前蹲踞着一只丑巴巴的混种猫，人群隙中我叫唤他，他未有跑开的意思，我搔搔他的下颌脖颈，他眯眼享受片刻，随即伸个懒腰重新坐直，埃及古墓的守门神似的。也有一日行经弄堂里，一只大猫悠闲地蹲坐在收破烂的摩托货车上，车主人族正路边打包整理，我趁此与他（猫）三两下交上朋友，觉得我那只出走没回的黄虎斑"麻瓜"怎会漂洋过海在这里。

　　照例闲荡又走到梅兰芳故居，与前次一样仍被数家人分居占住。这里厨房传出浓腻的上海本帮菜的甜酱油味儿，那边二楼窗口伸出一支竹竿，上晾着同行友人说的"梅兰芳的裤衩"。我照例比较有兴趣去对门的大宅院落看猫，几只猫家族，较前一年未见增减，我与他们交涉一阵，他们依个性本能理人的理人（虎斑、三花玳瑁、灰背白腹、乳牛黑白），不理人的冷冷走开（黑猫、母灰狸）。

　　像我这样的人不少。我盘桓的半小时里，不时有大人小孩站在宅院门口笑语晏晏地赏猫，说着上海话，是当地住民们，有人还带了猫粮来。

这一切，让我感触良深。

我不止一次理智提醒自己，不可以用单一指标来衡量一个国家（经济的、民主的、人权的、文化的……当然，猫咪的），但是，但是一个不肯给非我族类一口饭、一口水、一条活路的国家，作为人族的我们生存在其中，究竟有什么快乐、有什么光彩、有什么了不起可言？

辛亥猫

不久前，我曾在一篇猫文章《并不是每只猫都可爱》中写及"野猫"，意指一些不能或不愿意与人族共处的猫们，其中我曾简略以"辛亥猫"为例。

"辛亥猫"实为一组猫，这猫群且在我写作中不断增生、繁衍、变换、消失……他们是非常典型的城市流浪猫和野猫的代表，我恰巧遇到了，目睹其生灭，以为有责任写下来，证明他们确实来过这世上一场。

两年前某夜晚，我们在辛亥小学操场投篮的投篮慢跑的慢跑，晚风中传来再缥缈不过、教人无法不高度警觉（我像一头母猫科立时竖耳凝眸）的奶猫稚弱喵鸣声。我们循声找去，一会儿觉得声源在围墙外的万美路上，待翻爬过墙去，又觉喵声明明是从校园里的净水池一带传出……疲于奔命的一场风中追索，最终在约好风不动旗不动心也不动下，冷静觉察判定奶猫肯定在对街的汽车修理厂。

修车厂三五员工正在空地烤肉，回答既没养猫也从未见过什么大猫小猫。我们把家中电话留给他们，希望他们若发现任何小猫，不要丢弃或处理（处死），我们会来取。

便自行采取最没效率但最终必然有用的方法，定时在辛亥小学围墙柱缝间放饮水和猫饼干。

这些水粮第二天都半点不剩，我们不敢太乐观，因为经验告诉我们那也可能是野狗、恶作剧的小孩或无聊的路人干的。

一星期后，出现猫踪，是只正在哺育（丰满的奶帮子）的猫妈妈，我们从此叫她"ㄚㄇㄚ"［音阿麻］，有别于曾经的一只叫人怀念的野猫妈妈"马麻"。

阿麻长得像家里最丑的猫旱旱，白底灰花，灰花凌乱恶意地乱长，把一张脸儿破相了。我们喂食而她等在一旁时，总口上不停柔声唤她"阿麻"，希望早日混熟，在她下次发情前能来得及送医结扎。

阿麻丑丑的脸、大大的眼，从没表情从没软化，也许曾经与人族接触的经验告诉她，这样最安全。

终有一日，有两个更小的身影在阿麻身畔挤挤挨挨，我假装专心地放粮换水边暗里偷偷打量他们，小猫一只长相像我们家贝斯，一只是标准灰狸虎斑，我们叫他们小贝斯、小狸狸。

小贝斯小狸狸沉不住气直对我们喵喵索食，尾巴愉悦地竖直像支小旗杆，向来没有半点表情的阿麻却立时跳到我和小猫们之间，对我挥爪怒斥恐吓，边抽空回头扇两个小的一人一巴掌。我很吃惊，没想到阿麻如此强烈过激的反应，毕竟我们已经在她注视下放粮添水了快一个月，有些野猫，这等交情已够摸摸头了，但不知怎的我竟然眼热热的，定定地看着阿麻告诉她："不错，是个很棒的妈妈。"

这个很棒的妈妈时候到了违背本能地不丢窝（逼仔猫独立）、不发情，小贝斯小狸狸个头比阿麻都大了，三人仍不分离。晴朗凉爽的夜晚，母子仨吃饱了常踞在校园角落小桥流水造景的拱桥上乘凉，小的有时跳进浅池里抓青蛙，有时砌石堆上飞蹿追打，有时母子跑道旁草地里扑蚱蜢或一动不动剪纸影似的注目着球场跑道上的人族……

这样的时候，我替他们感觉到一种人间至乐，于是我很想把我们家我以为再幸福不过的猫族统统放野和阿麻一家子一样。我认真地考虑着犹豫着，可是夏日台风天或大雷雨的夜晚，我们守时守信地前往喂食，遍巡校园，没有半点可蔽风雨或勉强干燥处可置猫食，阿麻母子不知躲哪儿去了，大雨滂沱我们撑了伞的尚且浑身湿透，我好为他们挂心，同时告诉自己必须牢牢记住此刻，打消放野念头，我们家的猫们当然才是真正幸福无忧的。

阿麻迟至一年后才发情，因为喂食时出现一只也不知是否附近人家的大公猫，大公猫大方地和阿麻一起同吃同进同作息，依自然法则（母猫科与子女的正式分离、公猫科噬杀不属于自己后代的前胎幼兽如公狮），小贝斯小狸狸不见踪迹，因此阿麻在我喂食时不须护卫呵斥，只静静凝视我。问她："阿麻，小贝斯小狸狸呢？"近一个月没见他们，我十分伤心后悔，因为不可能有任何人收留他们。我们喂食一年多，两小的听从母命见了我们仍被呵斥戒备，尽管他们的肢体语言明明是十足爱悦欢迎的。我后悔一年来把他们喂得太好，一餐没缺过，可能猝然而来的被迫独立令他们会不知如何猎食觅食维生。

阿麻肚子大了又消，不见丰乳，显然并没在哺育子女——小猫哪儿去了？

结果只有几种可能，一仔猫难产早夭，二仔猫被阿麻吃掉。关于后者我记得自己幼年时，一只母猫在我床下做窝生养，我不听父亲劝阻一天殷勤探看数次，终于没安全感的猫妈妈把仔猫们全数吃回肚里。我清楚记得窝里那些残余的小爪小耳细致粉嫩没什么血腥，猫妈妈一旁悠然自得慢条斯理地洗脸理毛。

所以那段日子只要我搭捷运行经辛亥小学墙外，总不忘用力大口吸气，那时节空气中涌动着行道树黑板树隐性绿花似有若无的恍惚香气，最重要的，我不觉得烈日下的空气中有若何死亡的气息（尸臭）。

小的们不见踪影，阿麻怀孕了。

关于这，又是属于我最想知道的宇宙大秘密。解猫语若我，一般状况皆可沟通，唯有——到底猫女生有知、有权决定，她们会选择结扎以免生养育子之苦，或其实这是她一生所有生存意义的动力来源？

我真希望能有这能力与她们恳谈并以此做出正确的作为，因为我每为四下可见城市流浪猫在严酷环境里的生养惨烈（没被车祸、没被人族恶戏或当无生命物垃圾一样处理掉、没被狗族咬死……的幸存仔猫，无一不病弱瘦饿），痛下决心只要有机会就将她们带去结扎；但同时我每见曾经活力四射的狂野猫女生因为被结扎竟从此漫漫长日百无聊赖挨日子而深深懊悔……到底到底，怎么好？

仔猫哪儿去了？

阿麻虽然在我们人族看来长得丑，但在猫族中一定有一种独特的魅力，这光从小贝斯小狸狸的母教甚严就看出，不只两小家伙恋恋不去，连大公猫也行起一夫一妻制，阿麻没发情的时期，大公猫依然天天来访，夫妻俩并肩蹲踞在柳荫流水小桥上。（我对唐诺说："阿麻一定很迷人。"）不过对此我们可暗暗烦躁不已，因为大公猫不去，小贝斯小狸狸就不会回来，我们一直隐隐抱存希望他们仍然藏匿在校园周遭。

我试着驱赶大公猫，同时担心是不是又介入太多了？在这小小封闭的世界中不知不觉忘情扮起造物大神的角色？

不，不，不，造物大神往往帮助强者、戏弄弱者，所以我不是，我放心赶大公猫，相信他一身好皮毛是有人族家可归返的。

便在秋天一个雨夜因此无人族活动的校园里，远远三个猫影穿越篮球场迎上来，直着嗓子说不停的确是小狸狸小贝斯。我的快乐难以言喻，边镇静地走往喂食处，边响亮地回应缠绕脚畔的两小："当然是给你们的，不给你给谁。"

阿麻不急吃，凝神看我，我对她感叹："太好了，他们活得好好的……"

岁暮年终，没什么好消息好事情，每天晚上能看见他们母子仨迎接我们、聚拢着埋头吃，成了寒凉无趣的生活中最大的滋润，尽管阿麻并未因这一场而松懈戒备，一次我忍不住伸手想摸小狸狸，横里被阿麻蹿出抓了一记。

春天的时候，又出现痴情大公猫，当然喂食的时候，两个小的又躲不见，但是这回我知道他们一定就在附近，便另辟喂食点，摆在他们曾出没过的操场另一侧隐蔽之处。两小的默契很好，一两回就知道准时等待在新地点。

阿麻肚子大了又扁，大公猫仍然恋恋不去。木棉花开花落，接着换高大的阿勃勒挂满瀑布似的明黄色花串（总叫我想起曾写过《金急雨》的旧日好友），空气中满是夏日雷雨后植物们被摧折的鲜烈香气。没有死亡的气息，我不再问阿麻最近这回的仔猫哪儿去了，我已经很习惯也不怕麻烦夜晚的喂食路线变成这般：这围墙柱缝一份是阿麻和大公猫的，那木屋凉亭椅下是小贝斯的，地下停车场排气口的鹅掌木篱丛中是胆小羞怯的小狸狸专属用餐处⋯⋯我以为，日子会一直这样过下去。

夏初的夜晚，阿麻出现在小贝斯用餐区的木屋亭，仿佛时光倒流，一幅既熟悉又陌生的画面出现：阿麻踞卧着的身畔身上堆叠着昔日的仔猫狸狸贝斯，没看错的话，还有一只小小三花。三只小的随我的接近，沙滩招潮蟹似的眨眼便消失在砌石孔穴中，行动谨慎利落完全乃母家教。我暗自惊叹地倒着猫食换干净饮水假装忙碌，不由得打心底夸赞阿麻："阿麻你太厉害了，不声不响把小猫养那么大了⋯⋯"

真的是不声不响，数月来，我从没听过一声仔猫受饿受惊或找妈妈的哭声。从此，喂食路线变得又更加复杂，小小的校园，星罗分布着五六个喂食点，对我而言，仿佛一幅再美丽不过的藏宝图。

我又以为日子会一直这样过下去。

起先连续两天不见第三代行踪，后来是二代的小狸狸小贝斯。这偶尔也发生过，有时是天太热了，他们尚在某隐蔽处昏睡，得夜再凉些才会出没觅食。但这次不同，太久了，我得面对现实了。

校园中没有夜间照明，借光只能靠些微透过树缝的校外路灯，但不妨事，我早已练得一双夜行动物的好眼睛，从不误会池畔的月桃叶是伏踞的猫，从未把疾走的云影掠过草地错看为飞蹿的猫，从未以为墙头的枫香叶尖是风中凝神的猫耳，我更从未把月光下的造景砌石误当成阿麻的前任男友大白猫……

我且练就近于神秘的嗅觉，可以闻出早已风干的池畔石堆中的青蛙尸，可以嗅出不远处每五分钟一条光龙横过空中的木栅捷运行过所荡起的气流中的种种信息，我还可以嗅得到月夜下吃饱了的猫咪们闲适的呼噜声……我嗅到，我嗅到他们的不在了。

我非常确定他们不在了，因为几个喂食点没吃的没吃，要不就被人（野狗不会这样做）恶作剧地拨散在地上或撒在池里泡肿变形。

只剩下阿麻。

我回到我们最初的喂食点，没有别的猫，阿麻不需戒备地安安静静望着我，我问："发生了什么事？"夜黯的校园，篮球场上有斗牛人声，游乐设施那儿有小孩欢声尖叫……对我而言，死寂一片。阿麻敛手敛脚坐下来，我也跪坐下来："……我们这么辛苦带大的小猫啊……"

人族世界常有的险恶之事从没叫我失志绝望过，为什么此刻我一丁点的力气也使不上，我只想能当场化身为狼，引颈对天嚎出我的愤怒和无法流出的泪水。

阿麻起身去默默地吃猫食，我望着她的背影告诉她："我会替你报仇。"

因为他们不可能一起遭到车祸，他们不致被偶闯入的流浪瘦狗给一口气灭族……只可能是人族。校园里是老师和小学生，围墙外的路人，大都是上坡不远处"灵粮山庄"的居民和信徒，理论上，都是不该会让猫族消失的良善之辈。

但也有我知道的住在景美万寿桥头高级住宅大楼的"良善之辈"，我的一位猫天使好友赁居其中，大楼社区的开放空间与景美溪河堤只以野草地、菜园为界，其中便住了像辛亥猫般的猫家族。

猫天使友人家中已有六只陆续收留的成猫不能再收，便喂食照料外并成功将每一只带去结扎，小猫上网认养……如此这般仍有住户三不五时叫环保局来抓猫。出入直接下地下停车场从不到平地开放空间的住户说，猫一定会有传染病（友人答以全都打过各种预防针），会脏乱（友人都在野草丛隐蔽处喂食并每日换水），会繁殖（友人答都结扎了），会……"我不会弄几只野狗结扎了放社区啊，"这名坚持到底的住户夫人说，"哎呀反正从十五楼阳台看风景看到那些野猫你不知道有多恶心哎！"

阿麻，我会为你报仇。

上图·下图　辛亥猫中唯一被我们收到的辛辛

144

只要爱情不要面包的猫

　　城市里，定时定点地喂食流浪猫狗，最艰难的——除了其他人族莫名其妙甚至残忍地抵制、虐杀外——其实也最容易发生的，就是与之产生情感。

　　我知道的默默地在不分晴雨昼夜恒心做着这些工作的猫天使们，都具备不仅只是喂食、最好能够进一步带去打预防针结扎、不能认养的再原地放回……的观念，因此，试着接近他们，不是放了水粮就走，便成了必需的工作。

　　在《猫咪不同国》里我曾提及，在台湾，大部分的流浪猫狗与人族的接触经验是极糟的吧，他们带着各种伤，肉体的（车祸的、热水浇泼的、铁丝橡皮筋勒脖颈的、BB弹钢珠射的、久未有一口水粮的……），精神的，以致对天天喂食的人族仍充满戒备、疑惧，不肯让你接近伸手一步。这虽让我

上图　黄豆豆（左）和橘子（右）两只孤儿猫

下图　黄豆豆幼时与众小物

们的结扎任务变得非常困难，但我宁愿他们这样，如此才能自保，因为谁知道他们碰到的下一个人族是一样良善或险恶的。

但偶尔，就有那违逆了本能的、居然不要面包只要爱情的猫咪。对他们，我至今无法描述那样的糅合了好多好复杂的情感的关系，弘一法师临终的"悲欣交集"也许接近，更多时候，我觉得自己是浑身伤疤累累历经无数战役的老将军，一个伤疤可讲一个好长的故事（我身上还真抓痕累累呢）。

最典型的是"猫妹妹"，猫妹妹是曾经我们兴昌里的野猫大王"猫爸爸"的女儿，待她孤女一名肯让我们触摸时已出落为成年美女猫，不可能收进我们家了。家里已有十只加减的猫并不是问题，另有的十只加减的狗族才麻烦，因为野成猫已定性定型，无法接受与堪称他们宿仇天敌的狗族同居一屋顶下，但还好妹妹的领域就近在我们巷口三岔路一带，这家阳台那家后院洗衣机上轮着睡。她已遭我们结扎，不会有流浪公猫追求或追打她抢地盘，她这一生最重要的生养义务和驱力不再。我偶见她坐在人家墙头发傻，打心底抱歉，完全不敢去想她其他的漫长时间是如何打发的——其他时间？是的，每天十分钟到半小时之外的其他时间。

妹妹超会听我们家大门的木门声，相距十数公尺，往往她那头已敛手敛脚端坐等待。

　　我们通常相约电线杆下，杆底的小丛黄鹌野草里藏着水罐（以免被无聊挑剔的邻人倾倒扔掉），换上新鲜水，倒好猫饼干。妹妹才不管多饿看都不看嗅也不嗅，她把握住这一天中人族行色匆匆的几分钟向我们寻求一点点温存与慰藉。她在我们两脚中仰脸打滚撒娇（我往往一身外出黑衣裤假装果决狠心地说："妹妹今天不行，要去开会。"），要是你毕竟不忍心地蹲下，她会攀爬上身，仰头端详你的脸，肉掌轻触你的痣或雀斑或晃动光影，忍不住时就鼓起勇气轻咬你下巴一口。

　　通常天文心最软，天气好时，干脆带一本书，在人家门阶前坐个半小时，让妹妹在腿上好睡一场。

　　如此至今四年。

　　最近期的则是小三花。

　　小三花一开始出现在辛亥路进来不远的慈惠宫神坛前，发现时，她正在一小段路边阳沟中觅食，浑身油污烂疤贴地伏窜，因为她的喵声，才知道不是老鼠。她可能才断奶，却不知何故像老久没了娘亲，于是我们开始在金炉旁定时放粮。没几天，才发觉不远邻人堆栈的杂物中还有一只胆小的黑白乳牛毛色兄弟，有一阵子我们叫他们金炉猫，不久就自然叫小三花和乳乳。

后来终于可以触碰到小三花了，便赶紧带去吴医师处，初步清理完，才发现她的毛色，但她疥癣得前所未见地严重，连吴医师都丧气得说不出半句劝慰鼓励的话，只给我们一种滴剂，必须每日两回不中断地服用一个月才可能有效。这个疗程对家猫来说不难，对出没不定的流浪猫只能尽尽人事。

但我和天文风雨无阻没错过任何一次地做到了（只除了有一天全家去苗栗铜锣陪蓝博洲"立委"竞选扫街）。小三花用力回报我们地回复了老天爷恶戏她之前的模样，连庙里闲坐泡茶的老人看到我们喂食二人组出动，都会用闽南语通风报信刚才那只红色的猫在哪里哪里，是的，红色的猫，小三花身上泼墨画风大块的橘红和黑亮。最特别的是，她整个右额右颊连眼是一块工整的黑色覆盖，完全是戴了眼罩的独眼海盗头子造型，神气极了。

而且她非常顾念她那害羞胆怯的小兄弟乳乳，每每忍住不吃，朝那厢杂物堆喵喵叫唤，知道她兄弟暗中窥伺，便反复亲爱地磨蹭我们作示范，也因为如此，我们暂打消把小三花收回家的念头，要是没了她的陪伴，乳乳一定会变成彻头彻尾一只生存能力很差的流浪猫。

蹉跎的时日，我不免暗暗想为小三花找个好人家。我不愿她被关在吴医师的认养笼里被人指指惹惹嫌嫌，开始假装关心起朋友中爱猫但家中只有一只猫的如安民、伟诚、南方朔和家有三只年迈母子猫的钱永祥老师，看能不能趁此把小三花"偷渡"给他们。

那阵子比较常和伟诚见，便屡屡快引人疑窦地老问候他的 Ando（伟诚喜欢安藤忠雄），暗示着独居的猫是很寂寞无聊的，甚至会引发忧郁症或行为异常等等，终于伟诚也问我们在忙些什么，机会来了，竟，我竟讷讷含糊地回答："……嗯，新又在顾一只……丑丑的小野猫。"我曾看过他 Ando 的照片，俊美极了的猫王子，我好怕他会嫌弃尽管癫疤病已治好但在他人眼里依旧丑丑的小三花，我更抱歉伤感自己竟然说出了实话。

那样的时日延宕中，小三花爱上我们了，违背天性本能地不吃喝，一意执念要尾随我们走。通常，得狠心地把她抱至金炉拦腰平台处，然后趁她瞻前顾后决心跳下地前快快大步离去，不敢回头。其中唯一我像罗德之妻回首的那一次（二○○四年十二月二十四日），她已跳下地，跟到转角处，犹豫着要不要穿过马路跟上我，我不免担心，停步迟疑片刻，她坐下来，放弃了，被眼前太多变动之物如车、人、狗吠、微风、纹白蝶所干扰吸引，看不见没有太远的、她原先痴心欲追踪的我。我永远记得她的模样，凝神端坐在那儿，想办法捕捉风中一丝丝我的讯息，小小神气的独眼海盗——临终时，光速闪离我视网膜的画面，必定有这样一幅。

因为之后再没见过她了。

我相信亲爱人如她、、是被路过的某好心肠妈妈给决心收回家了。因为日日中午我们喂食时，正好是不远辛亥小学低年级半天班放学，便常有一对对年轻妈妈或爷爷阿妈接小孩路过，是上好的观察人族时刻。有会停下脚步，并要好奇的小孩蹲下不要吓到猫用餐的："弟弟你看猫咪好可爱呀！"（小三花就是被他们这一类组带回家的吧？）有那小孩兴奋前来、妈妈在后头大声喝止："脏死了，赶快走，会传染

SARS！"也有小孩不管我们在场，顺手捡起石头木棍就追打跺脚怒呵的，这样的小孩，在我劝阻时（"他们都没有妈妈好可怜。""假使他和你同样大你敢这样欺负他吗？"），大人们通常冷漠或烦烦地立在一旁，不，当然不敢，因为他们这样的人对大小、强弱最有感受，我几乎可以看到他将来肯定是遇上司、权势就弯腰投降，遇下属、弱势包括老小亲人都是傲慢欺凌的。

不知道那些不惜花费无数让小孩勤于穿梭在各种才艺班

照顾小六六的乳乳，受姐姐影响，他超会照顾后来的小孤儿猫

乳乳照顾的小海棠是海棠台风时捡到的

补习班"学习"的父母为何如此不在意这种无价的生活教育，学习如何平等尊重善待弱小生命并及于其他弱势。我相信，对这价值的轻忽，日后早晚会反噬到哪怕是也会老也会弱的父母身上。（这样的提醒和"恐吓"不知有没有一点用？）

　　小三花不见后，我们又花了几个月时间，才把她钟爱的兄弟乳乳给收回家，是家里目前的第十三只猫咪。爱上人的猫，命运不必然如此多诡难测，讲几个充满笑声快乐的例子吧。

海棠与乳乳在落满桂花的车盖上

胆小鬼呸咕

曾经在某篇猫文章里提过复活岛巨石像模样的高高。高高神经粗粗的，与人族关系不密切，回家吃饭的时间外，她大都游荡甚至睡在我们屋后大厦间的绿带丛中。但她还是发觉了天文的房间里"不知为何"可以长居着两只胆小神经质的呸咕和 Toro，每每隔着纱门叫唤天文，望能获准进入肯定好玩的天文房间。

房门不能开，高高百思不得其解的结论是，打一些猎物献给天文以换取门票。她打来壁虎，完完好好一条放在天文房门口，打来麻雀、蚱蜢、大蜘蛛、纹白蝶、飞蛾……总是总是，我听到天文在楼上闻声开门地高声感谢："谢谢你，谢谢你。"我次次被天文充满惊喜感动的语调感染得忍不住大声问："今天是什么礼物？（肯定是一朵美丽的玫瑰！）""唉呀蟑螂啦。"怕高高听懂人言因此低声回答，天知道天文的天敌就是蟑螂。

也有那爱上人、因此渐失了自己的天性本能的猫咪，例如辛辛。辛辛正名辛亥，是辛亥小学野猫家族中唯一被我们收回家，且过程全不费吹灰之力的。先是我们去夏夜晚在小学操场慢跑投篮时，连听了两天的奶猫喵声，觉得竟像是有针对性地在召唤我们，便循声找去，不难找，沿万美街那侧的校园围墙花坛的深处端坐一只发着白光的超小猫。我趴下地，伸手等待并叫唤他，辛辛（咬咬牙）考虑三秒钟，施施然走出来。我抱他回家，他不挣扎不哭闹，路灯下，看清毛色是白底黄花块，干干净净的身上散着淡淡的口水味儿，我夸奖他："妈妈把你照顾得真好。"后来发现是他自个儿照顾的，他一天到晚就在洗浴理毛，是个面容严肃不苟言笑的小沙弥，我们猜他那晚是东看看泥巴地西瞧瞧美丽但会下雨的夜空想："不行，待不下去了。"遂投奔人族。

辛辛太认同人，天性本能眼见的退化中，他从饭桌上欲跳往长柜，这对家中猫族来说是家常便饭一天要做好多次，辛辛却必须准备良久，其审慎认真仿佛好莱坞替身特技演员要飞越摩天大楼与大楼间，在场的人族路过见了都劝告："用小脑！用小脑！"也有经验丰富的人族直言："会摔喔。"辛辛不幸应声撞了柜摔下地，也有冲过头打破过 Wedgwood 和哥本哈根的咖啡杯。

他的四脚因此轮着受伤，最严重曾经右后脚掌骨折，老长一段时间都踮着脚爪怪走姿，所以得个"马来貘"绰号。

只要爱情不要面包的辛辛

不料这情况随他年长更严重，他有时想从电视上跳上冰箱，扭着屁股连后脚瞄准好久，不时暂停片刻大喊喵声给自己打气，在场的人闻声也会从报纸里抬头附和加油："会成功！会成功！"辛辛倒也成功过几次。

辛辛失去猫科动物特有的灵动敏捷之处尚不只此，他常和其他猫们玩他们久玩不厌的弹珠游戏，就是以浴室为球场争夺拨打弹珠，玻璃弹珠击碰在瓷砖墙地的清脆嗒嗒声煞好听。辛辛太笨拙，从来只有壁上观的分儿，插手加入不了，偶或弹珠正好迸跳到他跟前，他颇有自知之明地赶紧衔含起弹珠跑离竞技场，跑到客厅餐桌找个人族通常是我，把弹珠放在我脚间或鞋里央我替他保管。

对于他的信托，我觉得真是无上的光荣。他还常常趁我坐得低低地埋首书报时，从高处探手探脚爬到我颈间，两手环抱住我大头，在发丛中嗅嗅啃啃，想起来时对我耳朵吹热气，又或一手勾住我颈子试图咬我咽喉。我又痒又痛不好拒绝地躲闪着，闷笑出眼泪来，因为这些动作完全与他对其他的猫大哥猫大姊示亲爱时做的一模一样。作为一个人族，我真真感到骄傲和快乐极了。

一只兴昌里小猫的独白

接连几个台风的间隙中，我就像一颗被白头翁携带来的雀榕或小叶桑籽般的，落土降生在这兴昌里山坡某个社区的开放空间鹅掌木树篱下。

我并不知道我是我妈妈的第几胎，我也不知道我那野猫妈妈是什么时候流浪到此，并像这社区的人族一样喜欢这里，且决定落脚下来。

我妈妈瘦极了（但我觉得她是全世界最美丽的马麻），但她躺下来的身躯总够我和我的兄弟姊妹四个挤得下。她总是既宠爱又忧伤地注视着我们抢奶吃，我不明白她在忧伤什么。

我眼睛能清楚视物、行动也渐可独立之前，我妈妈叼着我们辛苦地已搬了好几次家，一次是海棠台风来前，一次是有人远远跺脚拿伞赶她，一次，我觉得那次她是故意的，怕我们反对，搬家中，把我们当中最弱小的弟弟给偷偷丢掉了，我听到弟弟在福客多后面的水沟哭喊了整个黄昏，不知如今他下落如何了（作者注：被朱家收养了，是家中第十三只猫成员）。我妈妈是担心她ㄋㄟㄋㄟ〔音内内，指母乳〕快不够我们吃才这样做吗？我觉得她多虑了，因为我看过有好心和善的人族偷偷拿剩鱼剩饭给她吃，而且，就算有一天真的不够吃了，我们兄弟发誓绝对不争不吵公平分享。

是因为我们没有像人族一样花钱买房子并交管理费所以就没有生存权吗？有些人族看到我们就作势要驱打，并责怪偷拿东西喂我们或下雨时会在摩托车上搭件雨衣让我们母子可避风雨的其他邻居们。

我们不想讨人喜欢或讨人嫌恶，我们仅仅只想有个活路，这，很难吗？我妈妈从来不准我乱骂人族，例如"人族已经占尽资源、占尽便宜，为什么我们从没嫌他他要嫌我们?！"

人族嫌我们乱大便（他们不用大喔？），是啦有时我会在树下草里，只是有时来不及会在人族认为不该的地方，所以若有好心人族愿意放盒猫砂，我们会非常愿意使用，我们猫

被妈妈丢弃的最弱小的弟弟，后来被我们收回家，取名小六六（六月六日来家的）

兴昌里的社区流浪猫，也是小六六的兄弟姊妹

族是出了名的爱干净的；也有人嫌我们一点用都没有，那他们可不知我妈和前我两胎的大哥可是夜间好猎人，打了多少蟑螂和老鼠；有人嫌我们看起来很恶心，那他们常带小人族老远花钱费时去木栅动物园人挤人看我那孟加拉虎大哥，又不嫌恶心啦？

更有人嫌我妈妈生太多，这——就是我们兄弟的伤心事了。不久前，别的社区的三个人族阿姨把我妈妈抓去兽医那儿好些天（简直把我们吓坏了，好些个夜晚，包括可怕的泰利台风，我们都没有妈妈让我们挤挨着睡），回来时，妈妈耳朵被剪了一小角（一定痛死了！），那代表没有主人、但已结扎的猫，我妈妈再不会惹人厌地继续生小猫了。

只是，仍有人族不满足，打电话给环保局并轻易把我们兄弟仔抓进笼子里（天啊我们原以为他们要跟我玩、要加菜请我们吃）。他们说，要是几天内没人认养我们，便要送去"处理"，就是注射毒药让我们死掉的意思。

我听到人族们一直隐晦地说"处理"来"处理"去，好像我们是没有生命的垃圾，我不知道大人族会不会诚实地告诉他们的小孩（例如常常傍晚会来请我吃面包逗我玩的 × 楼 × 号

上图　捡来刚洗净的小六六
下图　唐诺与小六六

的小女生）即将把我们送去处死。

"可是为什么？"当小女孩这样问的时候，我不知道大人族要如何回答。

我妈妈和以前来过几次的一只我很崇拜、浑身伤疤、一看就是闯荡过好些年的前辈告诉过我，他说，我们住的这一带，是这城市这岛屿居民教育水准、进步意识算高的地区，所以能生存或流浪在此，是我们的幸运、幸福。

幸福？是什么？

我们从不求日日饱暖，不求人族宠幸，从不奢望妈妈、兄弟们可以永远聚首，就像每天晚上这社区一户户人家灯光亮起时的那情景，那种噢我有点知道了，幸福的感觉。

我只但愿，同样作为地球上的过客，我们彼此容忍，互不断生路，至于生死祸福，自己碰自己担（其实我们流浪猫的生命通常只有二三年），这，会是一个太奢侈的梦想吗？

再见了，妈妈。

再见了，曾经关心过我们的所有人族。

—— 一只明日要上路的小猫

代跋
勾连起生命中的记忆

孙歌

很久以前，我曾经养过一只猫。

那时是"文革"的后期，我的父母被下放到农村，我们全家在东北的一个村子里住了三个年头。

当地的老乡家里都有猫狗，但他们不是宠物，他们靠自己的劳动吃饭。我在下乡的第二天就了解了一个知识：猫，是抓耗子的；狗，是看家的。狗住在屋外，猫住在室内，但是，猫要保证主人家里不受老鼠的侵害，否则，不尽职的猫咪不会有好的待遇。我在村里遇到许多的猫猫狗狗，他们笃定而自信，与人类相处得不卑不亢。今天想来，从不对猫狗滥情的乡亲们给予猫狗的，其实是最有尊严的待遇。

我的那只猫是一个老乡为表达谢意送给我的礼物，因为在城里学过几天针灸的我歪打正着地治好了她的腰腿疼。那时，这只小猫还不到一岁。

这只猫咪委实漂亮，他全身披着纯粹的黑色，却在鼻子和前胸以及四爪那里恰到好处地点染了形状合适的雪白。当他瞪起一对瞳孔黑澄澄的眼睛看着你的时候，你会被他的信任所感动，会忘记你不是他的同类。我那个时候就是如此。当这只小猫认定我和他是同类的时候，便跟我形影不离，同吃同睡，有时甚至送我出门上学。刚刚在城里受到过冲击的母亲，不免有些担心地说：你不会玩物丧志吧？

一晃过去了三年，我们全家要回城了。那时节"文革"还没有结束，不知道等着我们的是什么命运。母亲说，这只猫还是留在乡下吧，乡下的猫，在乡下比较好。我把猫咪抱在怀里，看着他信任的眼神，不懂猫语的我苦于无法向他传达这个决定。其实即使懂得猫语，我也无法向他解释动荡时代人类的恐惧对于一只猫命运的含义。虽说那时我还没有成人，我也依然懂得，这个决定是正确的。几年前在城里经受过的一切让我了解，村子里才是最安全的场所。

我为猫咪找新家颇费了些周折。我不想把他委托给让他抓耗子的邻居，尽管我知道他捕鼠的本事也不坏；我希望他的新主人可以像我一样给他足够的爱，因为这猫咪似乎有点小资情调，喜欢撒娇。我也不能让他离我家的房子太近，以免他万一怀旧了会有麻烦。一切考虑停当，我找到前村的另外一个暂时不走的"下放户"，我跟他们讲妥，等我有了合适的条件，就回来接这只猫。

人们都安慰我，说猫是"奸臣"，只要新的主人有好吃的给他，随时就可以忘掉老主人。我有些怅然，觉得要是过一阵我来接他而他不认我，那不是有些尴尬？新主人对我保证说，不会，因为猫不效忠，所以可以见异思迁，我同样可以再把他领走呀！

然而后来的一切都在人类的逻辑之外。尽管我把猫整个装进了袋子，蒙住他的眼睛，从一个村子走到了另一个村子，尽管他温顺地并不出声也不抗议，但这个小生灵却依然记得回家的路。在我们举家搬迁情感复杂地离开这片土地之后，他悄悄地独自回到了我们家那所人去屋空的土房，独自苦苦地守在门前。新主人找到他，尽职尽责地要领他回新家，并且为他送来吃食，但是这只猫拒绝了。几天后，不吃不喝的他死在我们家房门口。

听到这个消息是在半年之后，我大哭了一场，发誓从此不再养猫。

有人安慰我，说猫其实眷恋的不是主人，而是房子。我却不能因此释然，想象着这只信赖我的小猫临终时的感觉，我无法原谅自己。

这段记忆随着我长大成人，逐渐地远去了。生活里有太多的沉重，让我有充分的理由把神经变粗，疏远这段记忆。虽然后来有时我还是提起它，但那提起却没心没肺的不再有伤感。恰如我们今天再听"文革"期间的歌曲一样，时间似乎洗掉了歌曲旋律间那厚重的历史，留下的只是旋律本身。

这样地过了许多年之后，我遇到了朱天心，读到了她的《猎人们》，于是，远去的一切似乎又都回来了。

天心并不摆名作家的派头，她朴实而专注地盯着人看的时候，你会觉得她有些像她笔下那些猫女王，自由而有个性，全不受现实人类那些等级价值的束缚。在人群里我几乎没有跟她交谈的机会，但还是抓住了一个片刻，对她说我喜欢她的猫书。

台湾没有"文革"，天心也没有插队，但是这些并不重要。在天心的猫书里，我找到了熟悉的情感，唤回我年轻时的记忆。我的那只小黑猫甚至就活在这本猫书里，他的名字叫作李家宝。隔着海，我觉得我和天心共有了一段历史，那不是关于猫的历史，而是关于人、关于巨变时代的历史。猫族的生生灭灭，考验着我们人族的心力和德性，更考验着我们对于"生"的感知能力。我自愧不如地发现，天心比我要坚忍，要强韧。

　　天心笔下活着一大群猫。他们千姿百态的"猫生"，并不比人生更少波澜和曲折。天心告诉我们，无论是猫还是人，在充满欲望的时代里，都不能不面对残酷的现实，并且承受这一切。在天心的生活里，在猫族的生活里，喜悦与快乐永远伴随着麻烦、恐惧甚至是愤怒，当这些感情不可以分开而抽象成为对立的两极，当它们扭结在一起而浑然成为同一个东西的时候，"生"的状态才真正呈现。天心告诉我们，猫和人生活在同一个社会里，其实把猫和人分开看待没有多大意义，因为对待猫的态度其实就是人类对待同类态度的延伸，而在猫与人的关系中，我们看到的正是人类社会本身的关系。

正是因为如此，天心的记录猫生，恰恰是她介入人类社会现实的方式之一。关于这一点，钱永祥先生的"推荐序"说得再清楚不过，不需要我再赘言。

在这本书里，比较容易感知的是天心对于城市流浪猫的温情与对于自私的同类的愤恨。但是，让我更感到共鸣的却是另外一种潜在的情绪，那是一个不断反抗着的个体（无论是人还是猫）对于他无法抗拒的命运的平静承担。天心几次描写了她和家人为猫儿送终的场面，描写了她不愿干扰猫儿的意志从而高度自我克制的"旁观"态度。在生离死别之际，天心似乎并不落泪，对于猫儿的离去，她自有自己的说法。你看她对"猫爸爸"的评价："于是他撑着坐起来，仿佛舒服地伸个大懒腰，长吁一口气，就此结束了我们简直想不出人族中哪一位有他精彩丰富的一生。所以，不准哭！"而《李家宝》篇末写道，当天心预感这个凝集了她复杂愧疚与爱怜之情的"有情有义有骨气的猫儿"活不过今晚的时候，"但也不激动悲伤"。猫儿的生生灭灭，在天心为流浪猫提供的这个不断流转的空间里，其实是生命流动本身不可缺少的一个环节。为了从绝境中抢救一只流浪猫而呼号奔走的天心，在猫儿走到生命尽头时刻表现的那份平静，使这本书具有了肤浅人道主义所不具备的深刻生命感受：它让我联想起早年曾经在村里乡亲们身上感受到的那份生命的坚韧与强悍。

但是天心还是暴露了她生命中的一点秘密，那就是她和李家宝的"特殊关系"。这篇最让我联想起自己隐痛的作品，在全书中也是唯一的一篇让天心在逻辑之外说事儿的特别之作。我佩服天心的勇敢，她敢于把自己在生命某一个阶段的感受和盘托出，让读者分享她的困惑、混乱和痛苦。那痛苦当然绝不仅仅来源于一只猫。天心面对李家宝这样想："真正想对他说的心底话是：现在是什么样的世情，能让我全心而终相待的人实没几个，何况是猫儿更妄想奢求，你若真是只聪明的猫儿就该早明白才是。"

家宝却终于没有明白，正如我当年那只倔强的小黑猫一样。天心看去不太合理的用情不专，与我当年迫不得已放弃小黑猫的那份莫名的恐惧，在一切都过去之后越发显得荒诞不经，一个时代、一段历史都终将逝去，然而假如时光倒流，我们是否真的可以做得更好？

但是家宝究竟比我的小黑猫幸运，他临终前夜有天心呵护，在他坟头开满天竺菊的时候，也有天心陪伴。只是这呵护与陪伴却隔了一层"世情"，这"世情"让天心无法真正地"小资"起来。而这本以猫为主人公的小书，也从而暗含了比"猫生"更多的内容。当这本猫书带着它背后的"世情"走进大陆书店的时候，不知道读者是否也会如同我一样，勾连起生命中那些早已被搁置因而褪掉了颜色的记忆？

二〇〇六年新春于北京

文
景

社 科 新 知　文 艺 新 潮

Horizon

猎人们

朱天心 著

出 品 人：姚映然
责任编辑：李夷白
营销编辑：高晓倩
封扉设计：So Creative Studio

出　　品：北京世纪文景文化传播有限责任公司
　　　　　（北京朝阳区东土城路8号林达大厦A座4A　100013）
出版发行：上海人民出版社
印　　刷：北京启航东方印刷有限公司
制　　版：北京楠竹文化发展有限公司

开 本：787mm×1092mm　1 / 32
印 张：5.75　字 数：69,000
2023年8月第1版　 2023年8月第1次印刷
定 价：78.00元
ISBN：978-7-208-18285-1 / I · 2079

图书在版编目（CIP）数据

猎人们 / 朱天心著 . —— 上海：上海人民出版社，
2023
　ISBN 978-7-208-18285-1

Ⅰ. ① 猎… Ⅱ. ① 朱… Ⅲ. ① 散文集–中国–当代
Ⅳ. ① I267

中国国家版本馆CIP数据核字（2023）第082304号

本书如有印装错误，请致电本社更换　010-52187586